美丽的北京我的家

[美]李亢美 著

世界图书出版公司

北京·广州·上海·西安

图书在版编目（CIP）数据

美丽的北京我的家 /（美）李亢美著 . — 北京：世界图书出版有限公司北京分公司 , 2017.7
ISBN 978-7-5192-3287-0

Ⅰ . ①美… Ⅱ . ①李… Ⅲ . ①纪实文学—美国—现代 Ⅳ . ① I712.55

中国版本图书馆 CIP 数据核字（2017）第 148283 号

书　　名　美丽的北京我的家
　　　　　MEILI DE BEIJING WO DE JIA

著　　者　［美］李亢美
责任编辑　赵鹏丽　杨林蔚
装帧设计　蔡　彬
排版设计　刘敬利

出版发行　世界图书出版有限公司北京分公司
地　　址　北京市东城区朝内大街 137 号
邮　　编　100010
电　　话　010-64038355（发行）　64037380（客服）　64033507（总编室）
网　　址　http://www.wpcbj.com.cn
邮　　箱　wpcbjst@vip.163.com
销　　售　新华书店
印　　刷　北京建宏印刷有限公司
开　　本　889 mm×1194 mm　1/16
印　　张　12.5
字　　数　100 千字
版　　次　2017 年 7 月第 1 版
印　　次　2017 年 7 月第 1 次印刷
国际书号　ISBN 978-7-5192-3287-0
定　　价　128.00 元

致读者

李兀美

　　五年前，当我在美国第一次看到《美丽》这本书时，故土的温暖气息就扑面而来。我相信，无论你是否熟悉上个世纪的京城，是否知道那个年代，《美丽》都会温暖你。

　　今天在美国的一些历史博物馆，甚至网上，我们都可以看到二十世纪四五十年代以前美国人画笔下的中国人。他们总是被画得很异样——长辫子的男人，小脚的女人，小眼睐缝，表情呆滞。然而在画家托马斯·汉德福思（Thomas Handforth）的画笔下，无论是孩子、妇女、艺人还是农民，亦或是鸡鸭猫狗、骆驼马驹，都颇有灵性。托马斯为我们留下了近一个世纪前京城百姓鲜活的生活图景，这是任何文字都无法取代的。

　　以往我们只知道对中国革命有贡献的美国记者埃德加·斯诺（Edgar Snow）、约瑟夫·史迪威（Joseph Stilwell）将军等人，却极少注意到西方国家中还有另一个群体，他们在中国文化和艺术的传播中也曾留下了丰富厚重的、感人至深的印记。

今天，《美丽》终于与国内的读者见面了。假如画家托马斯天上有知，他一定会格外欣慰。另外，许多喜欢《美丽》的美国读者应该也会和我一样激动不已。

2015年3月，世界图书出版有限公司北京分公司的总编辑郭力与我联系，愿意出版《美丽》的中文版。当时我还不太相信这是真的，因为我曾带着英文版的原作给北京一家知名出版社的总编辑看过，结论是这本书很有价值，但是因种种原因很难出版。

借此机会，我想向世界图书出版有限公司北京分公司表示深深的感谢。

目 录

目 录

缘起《美丽》

　　我是在一个偶然的机会下看到《美丽》这本书的，而这个机会却让我了解了一段历史。当然，它更让我认识了一位出色的美国艺术家，他对中国艺术以及中国旧京城的深切情怀，感人至深。

　　这个故事还得从我的婆婆说起。

　　她名叫张子仪，大概出生于 1926 年。母亲因生产时失血过多去世。父亲重男轻女，把她和她的姐姐送进了北京洛克菲勒医院（现在的协和医院）下辖的育婴堂，此后杳无音信。1928 年，在北京经商的美国单身女人海伦·伯顿（Hellen Burton）从育婴堂领养了姐妹俩。

　　我在结婚后的很长时间里只知道婆婆是被一位美国养母带大的。关于过去，婆婆很少提起。后来我才明白这与中国当时的国情以及史无前例的"文革"有关。跟随丈夫到美国以后，我才渐渐了解到一点海伦的情况——她虽然一辈子没结婚，但是有哥哥、嫂子、侄子、侄媳妇、侄孙和侄孙媳。2011年，海伦的侄孙克里斯·伯顿（Chris Burton）和侄孙媳琼·伯顿（Joann Burton）提出要到我们家做客。他们住在俄亥俄州，我们住在加利福尼亚州，这自东北往西南的远距离拜访，真不是串个门那么简单的事。

我从来没见过他们。这第一次来，算是认个门吧？克里斯与我丈夫应该算表兄弟，尽管他们之间没有血缘关系。怎么招待人家呢？我想就按接待国内亲朋的习惯，安排几次"出游行"吧。不料，"洋亲戚"说："咱们是一家人，不出游，就来叙叙旧。"叙旧？面都没见过，有什么"旧"可叙呢？我有点犯愁。

一见面，我就感觉到了彼此的拘束，琼尤其显得拘谨。女人间的拥抱总能最快地传递友谊。我走到琼面前拥抱了她，她笑了。第一天，我们只是泛泛地聊聊彼此的家庭、生活和工作。第二天，我们开始聊到上辈子人的事。克里斯说他母亲——也就是海伦的侄媳妇——前几年去世后，他们一直在清理遗物，有些尘封了几十年的箱子第一次被打开。关于海伦，也就是他们的姑奶奶的文字资料、剪报、照片等，都被克里斯的父母保留下来了。

接下来的几天，我们真的就沉浸在叙旧中。上辈子那些人和事，像一幅幅画面浮现在我眼前，让我惊讶、感叹。琼是个非常聪明的女人，她像个魔术师一样，分时分批地给我们展示带来的资料、照片和物件。对我来说，海伦以前只是个外国人的名字；在琼的安排下，我仿佛一步一步地走进了属于海伦的那个年代，接触到了她经历的那些事情。我们一起讨论照片上的人和地点，猜测拍摄的时间；一起读着发黄的剪报，讨论当时在中国发生了什么，在美国又发生了什么。我越来越能感觉到海伦，甚至能触摸到她。海伦的身份已经不仅仅是我婆婆的美国养母，她的生平更吸引我——她曾在中美交往的历史上留下了辉煌的一页，她对京城、对中国文化艺术也有着终生未变的依恋。

1922 年，海伦在北京饭店 301 房间开了一家礼品店，取名"驼铃店"。

随着生意规模日益扩大，1931 年，北京饭店专门为她在北侧加盖了两层楼房用来摆放商品。她不仅把生意发展到美国各地，还发展到了巴黎、柏林、莫斯科和马尼拉，甚至邮轮上都有她的"驼铃专卖店"。除了经营礼品，驼铃店还卖古董、服饰以及家具。海伦的店铺俨然成为当时京城外国人的交际中心，与各大名胜古迹享有同等"声誉"，是外国游客的必去之地。他们到驼铃店不仅是为了购物，更重要的是去欣赏那里的艺术品，了解中国文化。海伦也因此被美国人

❶ 驼铃店的广告

❷ 驼铃店的 logo（标志）

❸ 海伦和中国人做生意

❹ 托马斯笔下的海伦

称为"中国的驼铃公主""美国的女马可波罗"。

1943 年 3 月，海伦被日本人关进山东潍县（如今的潍坊市）外国侨民集中营，其间她大病了一场，险些丧命。她的侄子写信给美国总统，请求救她出来。后来美日双方达成互换非军事俘虏的协议。被囚禁 7 个月后，海伦与另外 499 位幸运的同胞被接回美国。但是，还有一万多人仍被关在集中营里。

1948 年，海伦最后一次到京城与四个女儿见面。新中国成立后中美断交，她与孩子们从此失去了联系。

海伦最后在夏威夷定居，因为她固执地认为"夏威夷是在去北京的半路上"。遗憾的是，她没能等到再回京城的那一天。1971 年她在夏威夷去世，享年 81 岁。

我们与海伦后人的"叙旧"一发而不可收。如今这支叙旧队伍的成员已经不仅仅限于"家里人"了。当年被关进山东潍县日本集中营的难友的后代，还有那时在京的美国人的后裔，甚至只是对那段历史或者对海伦本人感兴趣的人们，近些年也自发组织起来在网上互通信息。

正是因为加入了这支叙旧队伍，我有幸目睹到一本属于海伦的签名簿。这本签名簿是米奇·克雷顿（Mitch Krayton）和琳达·克雷顿（Linda Krayton）这对美国夫妇的私人藏品。2011 年，我专门邀请他们到家里来做客，有幸听他们讲述了这本签名簿的来历。

　　大概是 1990 年前后，他们在加利福尼亚州的一个旧书展上发现了这本签名簿。当时他们对海伦一无所知，深深吸引他们的是这本签名簿华丽的装帧，当然还有里面二十世纪三四十年代各界名人的签名、短文和画作——有的内容十分幽默，有的很随意。签名簿的每一页都散发出浓浓的历史气息。

　　卖书的是个英国男人，他专门跑到美国来参加书展。他告诉克雷顿夫妇，这个大簿子是他在英国一处遗留房产的阁楼顶上发现的，至于原先的主人姓甚名谁他已经不记得了。（我们在美国也赶上过几次这样的遗产买卖，多数情况是上辈人去世后，财产继承人在卖房子之前先将屋里的东西作价出售。有时候我们真能从里头淘到宝贝。）这个英国人买回签名簿后做了不少研究。他发现上面有不少名人手迹，但是没有找到任何关于海伦的信息。他注意到签名者多数是美国人，就觉得这本签名簿应该由美国人来保存，所以特意将其带到美国出售。

　　当克雷顿夫妇表示想买下签名簿的时候，这个英国人提出了一个条件——必须保持簿子的完整，不能取下其中任何一页，因为不少单页是可以卖大钱的。当然这只是君子协定。克雷顿夫妇同意了他的条件。签名簿的价格是 2500 美元，但是当时他们一下拿不出那么多现金，所以要求分期付款。丈夫米奇感慨地说："那个英国人居然同意了。我们后来分几

❶ 签名簿正面

❷ 签名簿背面

❸ 托马斯留在签名簿里的画

❹《戴玉的女人》封面

❺《戴玉的女人》扉页

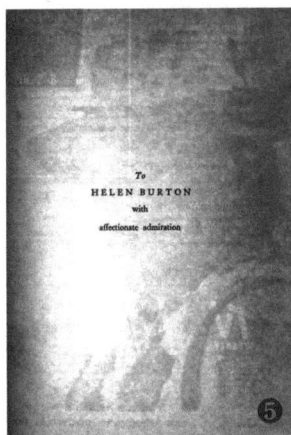

次才付清款项。他真相信我们。"

当他们捧出这"宝贝"的时候，像是捧出了一本古老的圣经——两个人的脸上都是严肃而恭敬的表情。我想那大概是民间少见的华丽的签名簿。封面和封底是用一张完整的真皮包制的。封面印有海伦的姓"BURTON"和"PEKING"（北京）的字样，上面还镶嵌有五颜六色的玉石制成的果盘，总重量达十多磅。里面有上千人的签名、留言，甚至还有画作，其中就有《美丽》的作者托马斯画的北京城。我们还看到胡适、萧伯纳、赛珍珠甚至诺贝尔获奖者等历史名人的签名。每一页都极其珍贵。

克雷顿夫妇提到，当他们仔细阅读签名簿的内容后，发现里面多处提到驼铃店和"海伦·伯顿"这个名字。她到底是谁？她有什么样的个人魅力，居然吸引了这些社会名流来到这个叫"驼铃"的商店？她凭借什么才拥有如此的荣耀和地位，从而留下这厚重而珍贵的历史文物？为了找到这些问题的答案，在没有互联网的年代，他们费了大力气寻找海伦的足迹。

我曾经和好莱坞的一位电影制片人提起海伦。没想到我刚一说出她的名字，他就说："海伦是个非凡的女人，她的故事很有传奇色彩。"

美国女作家玛格丽特·麦凯（Margaret Mackay），在

1939 年写了小说《戴玉的女人》（*Lady With Jade*）。书中的扉页上写着："献给我亲爱的、深深钦佩的海伦·伯顿。"这本书讲的是一位美国女人在中国北京经商的故事。作家玛格丽特正是以海伦为原型进行创作的，书中的很多情节里都有她的影子。这本书使我对海伦当年在京经商的艰难、她的价值观、她的为人处事有了更深的了解。

希望有一天我能将海伦的故事写出来。

琼在离开我们家之前，把《美丽》这本书留给了我。她的大女儿发现书中的小主人公"美丽"与海伦在中国领养的小女儿同名，所以猜测两者可能有一定的联系。她们拜托我去解开这个谜团。

海伦的小女儿大概出生在安徽合肥。1935 年，一个居住在合肥的美国传教士在家门前的台阶上发现了一个被遗弃的女孩儿。他找到海伦帮忙，女孩儿就这样被她收养下来了。这一年恰逢海伦的母亲去世。为了纪念她，海伦给这个女孩儿起了和母亲一样的名字——玛丽·伯顿（Mary Burton），还用自己的方式将其翻译成了中文，叫作"卜美丽"。

寻找美丽

为了证实《美丽》这本书中的小姑娘原型就是海伦的小女儿卜美丽，我还真是大费周折。刚开始从网上查找有关《美丽》的信息时，通过很多资料我知道美丽这个角色确有其人，她的样子与卜美丽小时候的样子也很像。在海伦留下的相册里还有卜美丽抱着《美丽》的照片。

然而，画家托马斯却这样描述认识美丽的经过：

有一天我路过一条狭窄的胡同，发现一个小女孩正躲在大门后盯着我看。女孩儿的目光吸引了我，她就是美丽。跟随着她，我来到一个贫穷的园丁家，她就住在这儿。冬天屋里很冷，园丁家所有的人都挤在一个炕上，只靠炉灶的那点热气取暖。条件虽然很艰苦，美丽却很健康。

❶ 美丽抱着《美丽》

❷ 美丽小时候的留影

❸ 海伦和四个中国女儿

海伦的女儿怎么会住在贫穷的园丁家呢？在海伦留下的照片中，她的小美丽就像个小格格，是被大家捧在手中的小公主。我曾问过婆婆，她说不记得美丽曾寄住在别人家。这个园丁家的小姑娘似乎不是海伦的女儿。另外，海伦认识托马斯吗？我没有发现他们的合影，也读不到任何文字的佐证。这个谜我当时真解不开了。

2012年12月，我在美国的社交平台"领英"（LinkedIn）上收到一个名叫佩姬·哈策尔（Peggy Hartzell）的人发来的信息："我叔叔托马斯是海伦的朋友。"我居然遇到了画家托马斯的亲戚！我真是大喜过望，激动了好一阵子。托马斯的个人物品经历了三代人接力棒似的传承——他早期的作品和信件由母亲保管，然后是姨妈（她一辈子没结婚，与托马斯的母亲住在一起），接着是哥嫂（他们没有子女），再后来是嫂子的妹妹（也就是佩姬的母亲），如今归佩姬保管。在此期间有很多资料和画稿都已陆续被捐给各地的博物馆和图书馆了。

佩姬给我提供了不少关于托马斯的资料。这些资料不仅解开了我心中之谜，更使我对这位画家产生了极大的兴趣。

通过这些资料我确信，《美丽》书中小主人公的形象的确是根据海伦的小女儿卜美丽创作的。让卜美丽寄住在园丁家是海伦的有意安排，那时候海伦深信自己和女儿们将会永远住在北京，因此孩子的根一定要深深地扎在北京。除了不娇生惯养，她还希望孩子能增强免疫力，熟悉京城普通百姓的生活。因此借自己回美国的机会，海伦将卜美丽寄放在了园丁家。估计我婆婆那时候还年幼，所以不记得这件事。

再说回佩姬。她之所以一直在寻找与海伦有关的信息，是因为她和她身边的许多人心里也有解不开的"谜"。当年卜美丽捧着书的照片给美国读者留下了很深的印象，这些照片曾在美国的一些图书馆展出，也在美国畅销的《号角》杂志（*The Horn Book*）上刊登过，尤其在凯迪克奖周年纪念日上总会被人提起。美国的读者想知道那张照片是在哪里拍的，美丽如今怎么样了……他们关心一个中国小姑娘的命运。

我告诉佩姬，照片都是在海伦京城的家中照的。海伦的住所曾经是美国记者笔下的一个"热门话题"。报纸上用长篇文章及大量照片介绍了每个房间，从门到窗，从墙到灯以及每件家具和小摆设是什么材质、什么颜色的。作者还在文中流露出意犹未尽、陶醉其中的感觉。海伦的朋友形容她的家是"缩小的皇室寝宫"。客人只要走进她的家，就能对中国的艺术有所感悟。这大概就是美国读者对照片的背景如此感兴趣的原因吧。

那么卜美丽的命运究竟如何呢？她其实一直生活在中

国，遗憾的是我从来没见过她。我结婚后，卜美丽曾从宁夏到北京来做客，可恰巧每次我都不在。听丈夫说美丽姨是个非常和善的人。她嫁给一名上海的工程师后随夫到了宁夏，在银川的"三线工厂"① 里工作，还生了两个儿子。夫妻俩非常恩爱，丈夫早她几年去世。海伦留下的剪报和托马斯的文章里的美丽给我留下了很深的印象。小时候的她聪明能干，活泼自信，社交和决策能力都很强。岁月会改变她吗？我想找到她的儿子去了解一些和她有关的往事。

　　2013 年年底，我们到上海去看亲戚。听说美丽的两个儿子都在上海工作，我们希望能有机会相见。幸运的是我终于辗转打听到了美丽小儿子的电话。得知电话号码的那一刻，我正走在南京路上，心里既激动又紧张。我不知道该怎么向他介绍自己，又怎么将这些复杂的历史关系、曲折的故事用最简单的方式告诉他。他知道《美丽》这本书吗？他会同意见我吗？美国读者对他母亲的关切，他能理解吗？要知道这一切对他来说来得太突然了！

　　我在大商场里找到了一个安静的角落，然后拨通了电话。我的语气一定很激动，因为不少顾客都把目光投向了我。对

---

① 20 世纪 60 年代，以备战备荒为目的在西北和西南地区兴建的工业设施称为三线工厂。

美丽与家人的合影

方安静地听着，没有一句问话。最后我问："今天你有时间吗？我们可以见个面吗？"几秒钟的沉默后，他说："可以，下午我有时间。"

美丽的小儿子名叫徐小钟，长得像母亲，很沉稳，与他父亲一样也是工程师。他告诉我，母亲生前在工厂的工会里工作，性格开朗，颇有组织能力，厂里的人都叫她"Doctor Pu"（卜博士）。在"美帝国主义是头号敌人"的年代里，对曾经有一个美国养母的身世，她讳莫如深。改革开放以后，儿子才发现母亲的英语发音竟然相当标准。可是对《美丽》这本书，对画家托马斯，他却一无所知。会面的时间很短，因此我能了解到的东西非常有限。而他一下要消化那么多信息，也是件很不容易的事。我相信这段历史、这个带着传奇色彩的故事会深深触动他。后来我们寄了一本《美丽》给他。

2013 年是美国凯迪克儿童绘本奖创立 75 周年，举办方与《号角》杂志想借机重温《美丽》一书，编辑就将他们的稿件发给我看。美丽的情况有了更新，但对海伦的义女马玉桂，报道内容如半个世纪前那样依然有误。这是美国媒体持续了几十年的误传——说新中国成立初期马玉桂被共产党关押入狱，后被枪毙。

海伦前后共领养了三个女儿，认养了一个义女。马玉桂岁数最大，是义女。但领养和认养在英文里没有那么细的区分，一概称"adopt"。马玉桂的母亲是海伦雇用的保姆。小时候马玉桂常随母亲到海伦家玩耍。据我婆婆说，新中国成立的时候马玉桂的父母依然健在，因此她不能算是领养的女儿。而且早年她随海伦到美国的时候，报纸上称她是海伦的助手，并非女儿。新中国成立初期，马玉桂确实曾被捕入狱，但没有被枪毙。1951 年，北京市军事管制委员会军法处宣判了一起特大的"预谋炮击天安门"案件，主犯有意大利人、日本人、法国人和德国人。马玉桂当时与外国人做珠宝生意，来往的

❶ 海伦的四个中国女儿——
（自左起）美丽、张子仪、
张子茹、马玉桂

❷ 托马斯画笔下的童年张子仪

❸ 少女张子仪和小美丽

对象中就有涉案的人，这必然会牵扯到她。案件查清后她就被释放了。编辑这回终于做了更改，误传就此打住。

2015年5月，我们专程去了一趟托马斯的家乡——美国华盛顿州的塔科马市。与我们同行的有佩姬、华盛顿州图书馆管理员帕特丽夏（她至今还在给孩子们讲解《美丽》），还有一位来自加拿大的名为"安"的女士，她一直在收集海伦的资料。我们因海伦、托马斯而相识，也因他们走到了一起。

帕特丽夏与我聊起《美丽》时，曾提到美国读者的一些疑问。比如，当时京城百姓的服装是不是真如书上所画？真有那么高大的城墙吗？为什么女孩子不可以逛庙会，是不是歧视女性？……除去时代和文化的因素，在欣赏《美丽》的角度方面，东西方竟然有这么大的区别，这也是我后来才意识到的。

在塔科马市图书馆翻阅资料时，我先生发现一张他母亲小时候的画像。那是托马斯的作品。"这是我妈妈！"他脱口而出。那一刻，图书馆突然安静下来了。在我们这些人心里，那张画像不仅仅是托马斯的作品，更是昨天和今天的对话、不同文化的对话，也是一份爱的延续。

在寻找历史足迹的过程中，我常常被文化延续的力量和重叠的力量所感动。

向往东方

最初看到《美丽》这本书时，我心里就有个疑问：是什么样的美国画家把我们中国的寻常百姓画得如此可爱、如此真实？从城墙到灶王爷，从冰糖葫芦到大白菜，这些细节不是单在京城住上个把月就能画出来的。无论是人物还是场景，都不像是局外人眼中的状态，却像是土生土长的京城孩子在讲述自己的故事。

托马斯是从什么时候开始，又是怎样爱上东方文化的？带着这样的疑问，我开始追随他的脚步，去认识他，了解他。借助各种文物和资料的帮助，我逐渐还原了托马斯的一生。

1897 年 9 月 16 日，托马斯出生在美国华盛顿州的塔科马市。父亲是个伐木工，母亲是家庭妇女，兼做园艺设计，家境优裕。他家附近有个公园，里面有荷花池、月亮桥和滑梯。我找到了那个公园，如今里面树木成林、绿草如茵。人走进去后如浸没在绿色的世界里。

让 3 岁的托马斯感到最快乐的事就是去公园，他特别喜欢那里带有弧线的各种设施。荷花池里的波浪将由月亮桥及其倒影组成的圆分成了两半，就像他见过的"神奇的"北太平洋铁路徽章——内外两个圈，内圈里有一个"卷起来的浪"，将圆圈分成红黑两部分。后来大人告诉他，那就是太极图。该徽章是参照 1893 年芝加哥世界博览会上朝鲜王朝的国旗图案设计的，含有好运与吉祥之意。年幼的托马斯当然理解不了什么是太极阴阳，但是在滑梯上一个弯儿上去，再一个弯儿滑下来，就像坐在太极图上，这样的快乐对他来说就足够了。再后来，他知道阴阳是对宇宙的诠释方式，而这个理念来自遥远的中国。托马斯从小就对具有象征意义的符号很敏感，不管是现实的或超现实的他都过目不忘。对当地印第安人崇拜的雷公鸟和雷公蛇图腾，他也很感兴趣，特别是听说那些图腾可能来自中国远古传说之后他更是兴奋不已。东方成为托马斯的向往之地。那时候他相信，总有一天星星会将他引领到东方。

托马斯的叔公约瑟夫·洛希德（Joseph Lougheed）是个外科大夫。他曾在查理·乔治·戈登将军（Charles George Gordon）手下当过军医并跟随将军到过亚洲、非洲和欧洲。洛希德医生还因为在中国所做的出色的医疗救助工作，被授

❶ 北太平洋铁路徽章

❷—❹ 托马斯童年时的画作

予名誉博士的称号。他回美国的时候带给托马斯两幅复制的《富士山百景》画卷，托马斯也因此第一次接触到东方艺术。这些画深深地影响了他后来的艺术创作。

幸运的是，我在当地的图书馆里看到了托马斯童年时的绘画作品。他拥有专门的画本，其中一本的第一页是幅太极图，上面还写着被他当成一种神奇符号的中文字；第二页是龙；第三页是园林，一尊佛像位于正中——这些都是他从一册日本故事书上临摹下来的。他觉得安徒生童话和格林童话远不及这佛爷来得亲切。孩子的想象力是最丰富的，童年又是人生中最无禁忌的阶段。不到10岁，托马斯就构思了未来的宏图，他要"画"一部旅游巨著。他画过一个规模大、让人感到奇妙而神秘的马戏团。据说这个马戏团来自某个遥远的星球，里面有人和各种鸟类、昆虫……他还创作了一个非洲男性和一个白人女性的形象，两个人的手被一条铁链锁在一起。

上小学的时候，托马斯参加了全美小学生"鸿雁鞋绘画比赛"。"鸿雁"是一个品牌的名字。拥有这个品牌的厂家主要生产学生穿的皮鞋。厂家为推广产品，出资举办了一个广告画比赛。托马斯获得第四名。他画的鸿雁嘴里叼着一杆秤，秤的一边是鞋，一边是钱袋子。鞋比钱袋子重，意思是物超所值——多有意思的创意！除了右边观众抛起来的帽子，画面的动感都集中在了那杆秤上。在放鞋的托盘周围，小托马斯刻意用粗线条渲染鞋的下垂力，加强"重"的效果。他画得细腻又夸张，非常成功。不知道这是源自他自小就有的主观意识，还是直觉。在后来的创作中，重视动作是他的一个特点。我想，准确和特殊的动作最能体现主题，也最能吸引观众的注意力。

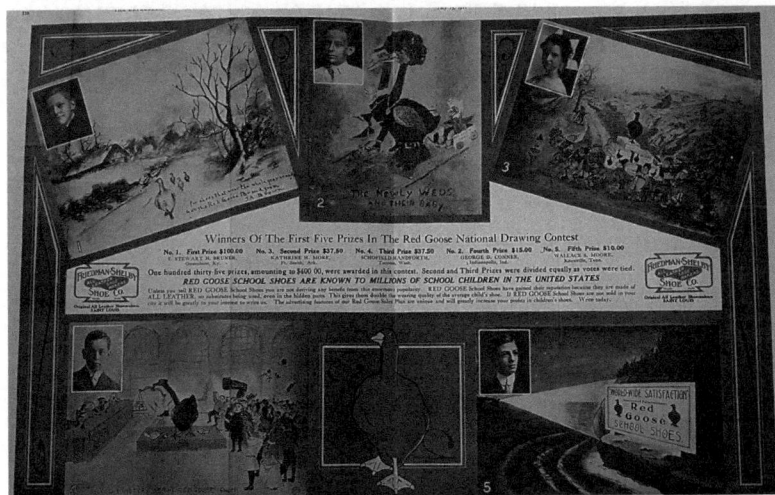

鸿雁鞋绘画比赛获奖作品

托马斯很早就已经具备了艺术家们所具有的敏锐的洞察力。第一次看到日本著名画家葛饰北斋的《神奈川冲浪里》时，他说："高高拍起的浪花形成一个巨大的弧，在画面上横跨而过，如太极图一般。小船驶向彼岸，又超越了彼岸。"小小年纪就对艺术有如此敏锐、特殊的感受力，这应该是天赋。

塔科马市直面太平洋。大海像是无尽的宇宙，培养了托马斯无限的想象力。儿时与小伙伴到海边玩耍，别的小孩都聚在一起做战舰模型，他却独自在一旁做小舢板、小帆船，还想象它们行驶在黄河上的样子。毗邻塔科马市的西雅图市是重要的物资进出港口，来往于远东的货船频繁地经过他家山脚下的海湾。遥望着那些来自遥远的东方的神秘国度的船只，托马斯陷入了无限的遐想。

托马斯说，如果将想象看成是航行，我的脚步永远不会只停留在地图上的海洋和大陆之间。多有气魄的宣言啊！

最早引导并激发托马斯对日本版画的兴趣的是一位年轻的女教师，她名叫凯瑟琳·鲍尔（Katherine Ball）。1904 年，她从旧金山来塔科马教绘画，除了给在校的学生上课，她还为当地妇女开了"东方装饰艺术课"，其中就包括日本版画系列讲座。托马斯的母亲每次去听课的时候，都把他带上。在那些大妈、大婶优哉地听着课、消磨着时光的时候，躲在母亲衣裙后面的托马斯已经在心中悄悄播下了影响他人生轨迹的种子。多年以后，托马斯在北京写信告诉母亲："最近在北京一个很大的招待会上，我遇见了一位老妇人。聊了几句后，我发现她就是凯瑟琳，那位对我艺术生涯影响最早的老师。谢谢你当年带我去听她的课。那时候我大概 7 岁。尽管她讲课的内容我已经一点都想不起来了，我却依然清晰地

记得那些画。"（1933 年 1 月 27 日信）

托马斯第一次画的现实生活中的人竟是中国人。小时候他曾跟随大人到加拿大的维多利亚市。在旅途中他们遇到了中国人。维多利亚市有个中国城，当时除旧金山以外，这里是华人最多的地方。回家后托马斯凭记忆画了一张小水彩画。他画的是三个中国人的背影，他们穿着蓝色长袍，两个人脑

在塔科马市的图书馆里我看到了这张水彩画，想必是他的母亲保留下来的。她是爱尔兰后裔，她的艺术创作体现在花园设计和绘画上。托马斯无疑是遗传了母亲的艺术天赋。我们去图书馆的时候正赶上他们做内部技术整理，需要闭馆两周。知道我们来的目的是收集托马斯的资料之后，图书馆方面不仅为我们大开方便之门，还提供了额外帮助。托马斯确实是这座城市的骄傲。

后梳着长辫子。

然而就在托马斯出生前 12 年，塔科马市发生过一起在美国历史上罕见的、全城范围内驱逐华人的事件。1885 年 11 月 3 日，生活在塔科马市的所有华人被勒令立刻离开。这个决议经市议会批准通过，是上自市长、市议员，下到学校董事会、律师、当地媒体、警察和商界大佬的共同决议。一百多年来在美国发生的排华事件并不少，但大多数情况是因偶然事件或帮派争斗所致。唯有"塔市事件"的导火索却是自上而下的共识，是当地多数人的"民意"，是有计划的全城范围的粗暴的种族排挤。这次事件虽然没有造成人员伤亡，但在美国历史上却是非常罕见的。

那时候当地有 600 多名华人，在事件发生前，已经有 400 多人在得到消息后先行离开了。决议下发当天，几百名当地人聚集在中国城以及华人经商的铺面附近，破门砸窗，挨家挨户搜查。这些人把华人从房里拽出来，不允许他们整理财产，甚至用枪支威胁他们。200 多名华人被集中在一起，在风雨交加中被迫走向城市南边的火车站。

当时有一位华人给市政府发了一封求救电报，他说："我接到通知……一群暴徒要将我们从这里赶出去，要毁掉我们的财产。我希望得到保护。可以吗？"但是没有人理睬他。中国城、华人的家和商店统统被烧毁，一点痕迹也没留。当地居民还通过决议，在以后的 30 多年里都不允许华人进入。这也是托马斯在家乡从来没见过华人的原因。在美国西海岸的大城市里，塔科马市是少数没有中国城的地方，至今仍如此。我们在那里甚至找不到中餐馆，要知道今天在世界最偏僻的地方都不难找到中餐馆。

为什么在塔科马市会发生这样的事呢？原因很复杂，首先是经济的刺激。1870 年，塔科马市雇用了 2000 多名华人修建铁路，铁路完工后却赶上了世界经济危机。1873 年，因美国纽约银行不再给铁路公司贷款，拥有大量北太平洋铁路债券的金融公司破产了。塔科马市爆发了严重的失业潮，劳工过剩，人们因此将矛头转向了华人。华人不计较报酬，任劳任怨，生活简朴。用当地人的话说，"（华人）可以什么都没有地活着"。他们把挣的钱都寄回中国，没有消费，只进不出。

另外，在事发前三年，也就是 1882 年，美国还通过了《排华法案》（*The Chinese Exclusion Acts*），这更助长了当地人反华的情绪。唐德刚在《晚清七十年》里写道："须知在那人类文明中最可耻的美国《排华法案》欺压之下，我辈华裔移民在当时美国种族主义者的'法律'分类中，是比'黑人'与'印第安人'都还要低一等的存在。印第安红人在那时的美国法律之下不算是'人类'。因此'华人'（China man）

在当时更是非人类中的非人类了。"华人的长辫子、长袍和饮食习惯都成了被耻笑的理由。"异端支那蛮"是当地人对中国移民的称呼。当时塔科马市的市长说："华人是克星，是肮脏的族群。"这位市长是德国移民，在塔科马市的年头还不如一些华人长。"将华人赶出去，我们就有工作了，问题就解决了"——这是当时大多数人的共识，也反映了他们认知的水平。市里到处贴着写着"中国人必须走！""中国人，走，走，走！"的标语。

当时也有反对的声音，有一位牧师就提出了异议。可市民们威胁他，如果还支持中国人，他就得离开教会。牧师回答说："我会一直在这里传教，直到长凳子上一个人都没有了为止。"这是一位真正的、有坚定信仰的牧师。还有市民斯拉·曼宁米克，他曾担任奥查德港第一任市长，也是第一个绘制奥查德港地图的人（如今奥查德港已并入塔科马市）。然而，他们的声音被多数人的恶意掩盖了。

可当地的经济并没有因为赶走华人而起死回生。几年后，那位德裔市长和几个主张驱赶华人的闹事头领被抓进了军营，但是他们既没有被起诉，也没有被定罪。

那时候，在塔科马市与华人有关的只剩一个天然洞穴。当地人传说，中国人走私的东西就是从这个洞运出去的。洞的另一头通向大海，直达中国。托马斯小时候曾无数次地窥探过那个洞穴并想象传说中的情景。

塔科马市的人们对历史确实有反思，后来他们还给华人道过歉。人们还在当年华人居住地附近建起了协和园。我们专程去了那里，协和园面积不大，面朝大海，与遥远的东方相对。2010年11月3日，也就是125年前驱赶华人的同一天，市长和26名政府官员，外加一些当地居民，组成队伍，自协和园开始，沿着当年华人被驱赶的路线步行到南边的火车站。这是道歉，是对人性的反省，也是对后人的启迪。

那天也下雨了。

虽然生长在一个厌恶、敌视华人的城市里，托马斯却自小向往东方，喜爱东方艺术，对中国充满了好感和好奇。这使我有些不解。我曾与美国朋友探讨这个问题，朋友告诉我这是一种对文化的宽容，社会理念重在培养独立思考的能力。同时，社会尊重不同的声音，给人们留下了思考的空间。或许正是因为有了这宽松的环境，即便是在现实中找不到理解和共鸣，托马斯也得以保留童年时纯真的天性和直觉。他说："在我最早的记忆里，有一种本能或者直觉，是朝向东方的。"

童年时的直觉竟伴随了他一生。

在塔科马市我们还找到了他儿时的旧居，这座建于1910年的二层楼房历经百年依然漂亮。房屋向北直通科芒斯曼特港湾，自屋后看出去，蓝蓝的海面连着山。我们想在房前屋

❶—❷ 塔科马市协和园内的石
　　雕——被驱赶的华人

❸ 塔科马市协和园内的纪念石板

❹ 左侧房屋为托马斯的故居

❺ 托马斯上过的中学

后照相，就敲开了房门。一个十多岁的少年出来招待我们，他说听家人讲过，这里的确曾住过一位有名的画家。托马斯当年就读的中学也在附近，就建在海边，是当地有名的"体育场中学"（Stadium High School），又称"古堡里的中学"。我们去的时候正巧学校放假。不了解情况的外人真会误以为那里就是个古堡。同行的美国朋友说，太美了，在这儿哪还有心思读书啊。

初出茅庐

在家乡人的记忆中，托马斯总是手不离画本。他最早的绘画教师是艾丽斯·贝克小姐（Alice Beek）。她是一位水彩画家，曾获得过不少荣誉，21岁那年就得过巴黎国际画展的金奖。她终生未嫁，在塔科马市默默地教书、作画近50年。直到她去世，左邻右舍还不知道她在国际上获得过如此殊荣。她真是一位令人敬重的真正的艺术家。在托马斯的艺术成长道路上，艾丽斯小姐无疑起到了非常重要的启蒙和引导的作用。

日本画家葛饰北斋应该是在艺术理念和风格上最早影响托马斯的人。约瑟夫叔公给托马斯的礼物《富士山百景》就是葛饰北斋的作品。托马斯后来回忆说："在那些描绘富士山的小画上，北斋记录了人们瞬间的活动。在巍峨的富士山下，人显得非常渺小。而他们与自然界又是那么不可分割，就像树上的叶子，富士山上的雪。这是一种精神，是人与自然的和谐，是我后来一直想在自己的作品中表现的。"我想，这应该是托马斯对"写意"理念的最初理解。另外，从富士山的不同角度能生发出上百幅作品，这种创作方式大大开阔了他的视野。他后来曾在一个主题下进行多角度的系列创作，其灵感应该就来自这里。

中学毕业后，托马斯到华盛顿州立大学学习艺术。在大学期间，他画了平生第一幅也是唯一的壁画，结果备受谴责。据说他以芭蕾舞的形式将古代巴比伦女神伊什塔尔的故事描绘了出来，既在画面中融入了对中国艺术的幻想，又模仿了法国近代著名插图画家埃德蒙·杜拉克多变的作画手法。我们很难想象那是怎样的一幅壁画，也许很夸张、奇特，甚至怪异。尽管这样的想象和跨越不被当时的人们所接受，但是身为艺术家，他确实展示了一种天马行空、超出常人的想象力，更可贵的是他不受约束的心智。

1915年，"巴拿马太平洋世博会"在美国旧金山举行。托马斯也去参观了，那年他17岁。尽管这是他头一次接触到如此丰富的欧美艺术品，然而他最喜欢的还是来自遥远的东方的展品。他渴望看到更多，却又一路胆怯。因为他口袋里没钱，"只看不买"的纯观赏者在那个时候是不受欢迎的。在世博会上，他第一次看到宋代青瓷和康熙粉彩瓷，着实大开眼界。他说："年轻人到了那个地方，即使不成为收藏者，也会成为爱好者。"

世博会外面的亚洲建筑也深深吸引了他。他在小本子上留下了这样的笔记："水彩画、鲜亮的绿色、日式亭子里的金色大佛……中国风的建筑设计处处可见，弯曲的屋顶美观又实用……下斜的屋顶让人联想到一个小男孩儿坐在屋檐上滑下来，直达翼角处，然后又顺着翘起的翼角一下被顶到天上。"

中国古代建筑中屋檐的"翼角"，得名于前人"舒展如鸟翼"的想象。这里托马斯又加上了"小男孩儿滑下去又被顶起来"的想象。如果前者描述了状态，那后者则是对变化和动态的补充。动感即美感。托马斯好像从骨子里就贴近、喜欢中国风。

1918 年，他应征入伍。他平时主要的工作就是在华盛顿画人体解剖图。第一次世界大战结束后，他到了纽约，师从画家肯尼思·米勒（Kenneth Miller），开始了艺术专业的学习。米勒一再强调画画的要领是"突出宇宙本质"，或者说"内在的意识"。托马斯回忆说，那时候我才 20 岁，怎么都理解不了。他的另一位老师是美国雕塑艺术家莫胡利·杨（Mahonri Young）——杨百翰大学创始人的孙子。杨说："用人物体现空间，而不只是人物。"这给托马斯留下了很深的印象。对西方绘画艺术的理念，托马斯接受起来似乎总有些被动；相反，他对东方，特别是对中国的艺术理念却有着天生的亲近感，甚至是无师自通。用他自己的话说，就是"中国的艺术哲学最能表达我心中对艺术的理解"。

托马斯最早接触中国"写意"理念的契机，是美国人排演的中国舞台剧《黄马褂》（*The Yellow Jacket*）。舞台上生动传神的表演给托马斯留下了非常深的印象。更重要的是，"剧中仅以简单的道具和技巧，就将观众分别带入拥有风花雪月或高山峻岭的大自然中，甚至升华至更广阔、更深层的意境。加上乐队恰如其分的伴奏，精致优美的画面被一幅一幅地投射到观众的想象之中"。正是这种激发观众想象的力量深深感染了托马斯。我们恐怕很难体会在没有高科技的年代，中国舞台戏剧营造气氛、激发观众想象力的重要性和特殊性。正如傅雷先生所说："中国艺术家给观众想象力活动的天地比西洋艺术家留给观众的天地阔大得多。换言之，中国艺术更需要更允许观众在精神上、在美感享受上与艺术家合作。"

《黄马褂》究竟讲述了一个什么样的故事呢？一位君主在妾室的蛊惑下，决定处决结发妻子和有肢体残疾的孩子。行刑的是一个农民，他偷梁换柱将孩子保住。这个孩子长大后得知了身世。在爱人和名师的帮助下，他从坏人手中夺回皇位，穿上了象征王权的黄马褂。

这部剧由哈里·本里默（Harry Benrimo）和乔治·黑

兹尔顿（George Hazelton）共同创作，两人还在剧中担任演员。首场演出的时间是 1912 年，地点是纽约百老汇的富尔顿剧院。当时打出的广告是 "A Chinese Play Done in a Chinese Manner"（以中国人的方式编排的中国戏剧）。广告一出媒体哗然，不满声此起彼伏。堂堂的百老汇，一个高雅的西方歌舞剧院，怎么可以上演中国戏剧？然而，首演大获成功，好评如潮，甚至连欧洲戏剧界的大牌导演们都对其赞不绝口，最后该剧得到了在世界范围内巡回演出的机会。1942 年，即《黄马褂》首演后 30 年，导演兼演员的本里默去世。在悼词中，艺术界对他的这部作品给予了"美国舞台剧典范"的极高评价。

　　然而围绕这部戏剧，至今还有争议。从当时的剧照看，《黄马褂》的确是一台不折不扣的中国古装戏，无论是演员穿的袍子、髯口、翎子、厚底鞋，还是小道具和舞台布置，都模仿得准确精细。模仿得最到位的就是"检场人"。在中国传统戏剧的舞台上，检场人是一个很有意思的存在。在表演进行过程中，检场人会不时上场摆放道具或做一些辅助工作。比如在《黄马褂》的剧照中，就能看见检场人站在两位演员之间。检场人时而进场搬个凳子；时而上场用竹竿比画比画，以示船在行进；或者拿着竹竿模仿下垂的柳枝；或者撒下白色的碎纸以表现雪花在飘。不需要上场的时候，检场人就坐在一旁看看报纸，抽口烟，吃点东西。观众对这些情景非常熟悉。

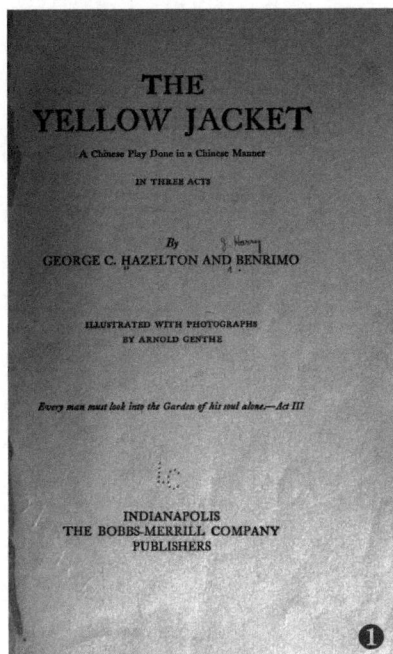

❶《黄马褂》的文字广告

❷—❸《黄马褂》剧照

美国观众对时进时出的检场人的兴趣远远超过了对舞台上的演员的兴趣，评论界也常以大量的篇幅来讨论这个奇特的角色。这个独立于舞台之外，又不时暗示观众舞台之存在的检场人，让观众处于一个虚实相间的时空之中。

出生在旧金山的本里默估计没少看当地华人的戏剧。当时或许还上演过《赵氏孤儿》《斩黄袍》之类的剧作。总之，他和黑兹尔顿掌握了中国戏剧变幻多样的特点，学会了中国人用最简单的道具来激发观众想象力的技巧以及"虚实相生"的舞台哲学。《黄马褂》书写了中国戏剧登上西方舞台的新的一页。在这之前，人们在美国戏剧舞台上几乎看不到华人的身影，更不用说由美国人扮演的华人了。这部戏剧在西方舞台上的"亮相"，使得后来华人登上戏剧舞台的机会越来越多。

《黄马褂》从首场号称"以中国人的方式编排的中国戏剧"的广告，到30年后获得"美国舞台剧典范"的评价，引发了专业人士的争论——《黄马褂》的导演是否抄袭了中国戏剧？《黄马褂》究竟是中国艺术还是美国艺术？本里默在世的时候就受到很多质疑，他曾辩白"我们用西方人的思维方式创作了男主人公的一生，而故事则被安排在东方的氛围中"，但后来他还是承认了有"作弊"的因素。随着世界文化交流的日益密切，我相信这件事自有公论。本里默和黑兹尔顿是复制也罢，致敬也罢，不得不承认的是，在那个特殊的年代，《黄马褂》提供了一个让西方观众去了解和欣赏不同文化艺术的机会，甚至让西方观众体验了中国观众观赏舞台剧的形式。

20多年后，托马斯不仅对这部戏剧依然记忆深刻，还联想到："中国绘画的基本理念之一是写意，即'寄志抒怀'。书画同源，书到一定程度就是画，是一种诗意，是最高的境界。毛笔在书写中是自由发挥的，用笔之功力，墨中之韵味，都在表现特定的风格。同样，舞台艺术追求的是一种精神，而非某个特定的目标。"辜鸿铭先生也说过："用毛笔写字和作画非常困难，但是一旦掌握它的用法后，就会进入一种硬笔无法达到的美妙和优雅的境界。"托马斯所渴望的就是这样的艺术境界。

1920年，托马斯开始了在巴黎为期5年的学习。这期间他到过意大利、英国和非洲北部的一些国家。正是在这段时间里他放弃了油画，喜欢上了版画。然而，令他失望的是，巴黎美术学院的学究气氛更浓，条条框框也比他在纽约学画时面对的多。他曾从工作室里逃出来，跑到沙特尔圣母大教堂，在雕塑的面孔上寻找心灵慰藉。那些并非真实的面孔好像并没有给他多少心理上的安慰，倒是哥特式的人物雕塑手法让他感到快乐——尤其是时隐时现的衣袍皱褶，每一条都拥有自己的空间，线条富有弹性和韧性，宛如流动中的水一般。

艰苦的艺术课训练让托马斯发出了"我至今不相信自己竟能熬过来"的感慨。他印象最深的是学习用炭笔画裸体模特——从星期一早上9点开始，自模特头顶画起，直到星期六中午画到脚，一份画纸作业才算完成。他将这样的学习称为枯燥的"制图"训练，而他自己喜欢的却是能激发想象力、创造力的活动。他对艺术的直觉、自幼受到的影响和潜移默化渗透的力量似乎更坚固、更强大。

不到两年的时间，巴黎艺术界沙龙就开始关注这位来自美国的年轻艺术家，并邀请他加入。1922年，托马斯的作品出现在巴黎春季的年度绘画和版画艺术展上。这是艺术界非常重要的展览，自此，他的作品就时常出现在艺术论坛里和文艺杂志上，欧美艺术界也越来越关注他的作品。1922年底，在他不知道的情况下，美国马萨诸塞州的曼荷莲学院艺术博物馆（Mount Holyoke College Art Museum）举办了他的个人作品展。

在巴黎时，托马斯发现工作室的旁边驻扎了法国军队。军人中有来自法属摩洛哥的士兵，他们天生的模特身材让托马斯着迷。他为之激动不已。对艺术的敏感和对民族风俗的兴趣，驱使他去了趟摩洛哥。美国作家伊丽莎白·科茨沃思（Elizabeth Coatsworth）就是于1921年的下半年在摩洛哥的马拉喀什见到托马斯的，当时他正在给一个阿拉伯少妇画像。那个女人穿着深色内衣，浅色长袍，脸上有刺青，脖子上挂着装饰——她是他邻居的第三个太太。托马斯的侍从是一个阿拉伯人，是他帮忙请到当地的阿拉伯人和黑人做模特的。让阿拉伯女人做模特在当地可是犯忌的，他们后来看见少妇的丈夫——一个中年男人——手握一把弯刀找来了。正是与伊丽莎白的相遇，给托马斯带来了创作儿童图书插画的机会。

在巴黎的这段时间里，托马斯的蚀刻版画（Etching）创作达到高峰。他的代理商回忆头一次收到他的作品时说："那些作品给我们留下很深的印象，尽管技术不够娴熟，但是风格非常淳朴。"《牧羊女》（1922 年）的整幅画面仅用简单多变的线条就体现出了原野之美。《旋转的木马》（1922 年）以错综复杂的手法体现出旋转的感觉，线条自然流畅。这段时间内他创作的很多蚀刻版画都被收藏在美国大都会艺术博物馆以及其他艺术院校的博物馆和图书馆中。

托马斯喜欢版画，因为版画最能表达他的情感。正如傅雷先生所说："版画比绘画更能令人如读书一般读尽一本从未读完的书的全部。在版画中，思想永远是深刻的，语言是准确而有力的。"

在巴黎，托马斯结识了爱尔兰人詹姆斯·亨利·卡曾斯（James Henry Cousins），他是作家兼剧作家。詹姆斯长期

❶《牧羊女》
❷《旋转的木马》

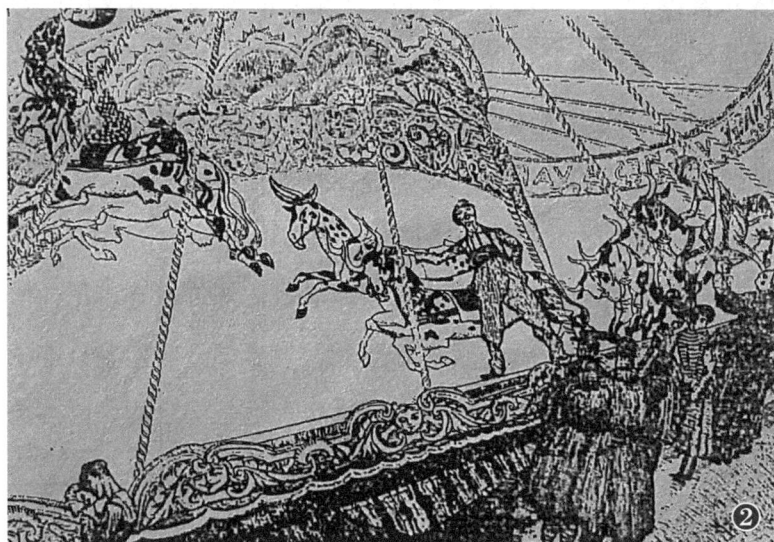

在印度从事民族复兴工作，离开欧洲长达 16 年的时间，与当时西方的文化艺术完全脱离。当他再度回到巴黎，为印度皇室收集西方的现代绘画时，他还对当红画家和时尚风格一无所知。在没有他人推荐、指引的情况下，他看上的大多都是被西方艺术权威认可、极富代表性的作品，眼光非常毒辣。詹姆斯说："我选中的作品，在本质上与东方伟大的文化精神有共性。"艺术界认为詹姆斯是"偏见评论家"，托马斯却赞赏他的眼力和品味，附和他的观点，更重要的是，他们能对东方的艺术产生共鸣。

　　无论在纽约还是在巴黎，托马斯都师从画界的多位名师。他在 7 年的学术熏陶中接受了当时西方最新的艺术理念和技巧训练。他既不是居斯塔夫·库尔贝（Gustave Courbet）的追随者，也不喜欢介入巴黎的各种艺术派别之争。当时表现主义和超现实主义之争占据了巴黎的艺术论坛，但托马斯对抽象的艺术理论从不感兴趣。他喜欢毕加索的人物画，对法国现代雕刻艺术中线条的表现力十分佩服，但是他觉得，"追求现代艺术时，人们过多关注艺术手法，而忽略了艺术表现本身赋予生命的一种精神"。

　　离开学校后，托马斯更清楚自己想要什么，想表达什么。他依然保持一颗纯朴的童心，不停地寻找激励他创作的灵感，说他"要说的话"。

四处漂泊

1925 年，托马斯离开巴黎，开始了一边旅游一边创作的生活。后来常有人称他为"漂泊艺术家"，可我更喜欢他给自己贴的"标签"——"记者型画家"。因为同是旅行状态，"漂泊"更随意，目的性不强；记者则是在观察、记录、表达，带有明确的目的。托马斯先到突尼斯，然后是摩洛哥、加拿大和墨西哥。他喜欢在大自然和不同的文化习俗中追寻艺术灵感，这不仅可以使他全身心地享受艺术，也能满足他诗情画意、多姿多彩的生活梦想，更符合他好奇心强、热爱大自然和不受任何束缚的个性。

前面提到托马斯与作家伊丽莎白在摩洛哥相遇，这促成了他们后来的合作。托马斯第一次为图书创作插图，就是伊丽莎白的儿童画书《透透的枷锁》（*Toutou in Bondage*）。透透是书中小狗的名字，女主人给它提供了舒适但是无聊的生活。有一天透透从家里溜出来，遇到一个黑人。黑人没有钱，但是他给透透派活干，让它体会生活中的快乐和探险的乐趣。最终，透透选择离开原先的女主人，跟随了黑人。为了这本书，托马斯再次踏上摩洛哥的国土。我没有找到这本书，仅看过几页插图。但是我们仍可以通过书评对这本铅笔画插图书做一些了解。

美国作家路易丝·西曼·贝克特尔（Louise Seaman Bechtel）在 1950 年写过一篇文章——《悼念一位漂泊的艺术家》。她是这样评价该书的："在这本书里，你可以看到托马斯那个时期的创作风格——细腻、刚劲、奇异。画家以准确的动作和细节强调故事情节，以引起儿童读者的兴趣。在这本书中有很多新鲜的创作手法，法国和阿拉伯的文化巧妙地融合在一起，又鲜明地保留着各自的习俗，内容丰富又活泼，这是创作中撞击出来的艺术光彩。……马拉喀什的人曾期待这本书能引起丘吉尔的关注，可以在英国出版。这是至今都令人骄傲的一本书，可惜已经绝版了。今天重新翻阅此书，它依然如 1929 年首版时那样鲜活卓越。"

在塔科马市图书馆，我收集到 50 多封托马斯写给母亲、嫂子、哥哥的信，但写信时间都集中在 1931~1938 年，只有一封是写于 1926 年的。因此尽管对托马斯在各地旅游作画的感悟我们知道得很少，但是我们依然可以从他在这期间获得的奖项以及颁奖机构来推测一二。

1927 年美国布鲁克林铜刻版画协会 ① (Brooklyn Society of Etchers) 在纽约市的布鲁克林博物馆举办了第 12 届版画竞赛展，参赛作品共 308 幅，来自欧洲各国。托马斯在加拿大创作的版画《雨》荣获二等奖。

1929 年费城版画俱乐部 ② (Philadelphia Print Club)，在费城艺术博物馆 ③ 举行国际年度比赛。托马斯的蚀刻版画《勒达》(Leda) 荣获第一名。

另外，他创作的名为《母亲》(Motherhood) 的插图获得西北版画作家协会 ④ "购买奖"。1934 年这个作品再次获奖。

托马斯的作品如今被美国及英国的几十个博物馆、图书

---

① 20 世纪时美国最有影响力的版画协会是芝加哥协会、加州协会和布鲁克林协会。布鲁克林铜刻版画协会成立于 1915 年，现在改名为美国图形艺术家协会 (Society of American Graphic Artists)。

② 费城版画俱乐部成立于 1915 年，由一些收藏家创立，是美国第一个收藏优秀版画作品的艺术组织，在美国国内和国际上都享有很高的声誉，已有百年历史，现改名为"版画艺术家中心"(The Artists of The Print Center)。

③ 费城艺术博物馆建于 1876 年，是美国最大的美术馆之一，收藏作品历史跨度达 2000 多年。

④ 西北版画作家协会成立于 1928 年，已于 1970 年解散。

馆、画廊、高等学府和历史学会收藏。托马斯极少提起自己获得的这些荣誉，他更在乎对作品的感觉。可最终帮助他去北京的，恰恰是其中一个珍贵的奖项。

1930年，正当托马斯在墨西哥醉心于波波卡特佩特火山的版画创作时，他获得了古根海姆奖学金（Guggenheim Fellowship）。这笔奖金可以帮助他去亚洲，去东方。

古根海姆奖学金设立于1925年，至今还在运作。约翰·西蒙·古根海姆先生（John Simon Guggenheim）为了纪念因病夭折的17岁长子，成立了基金会。迄今为止，这个基金会每年都为世界各地各个领域中有才华的年轻人颁奖。在美国，获得这项奖学金意味着莫大的荣誉。尤其在学术界，有100多位诺贝尔获奖者都先后获得过该项奖学金。

托马斯从小的梦想之一就是能像日本画家葛饰北斋画富士山那样创作系列版画。获得古根海姆奖学金前，他的"波波卡特佩特火山百景图"刚完成第11幅。创作百景图和去东方同是他幼时的梦想，但是此刻来自东方的强烈呼唤，仿佛来自他的心灵深处。他一生追求的就是对世界、对人生的独特的、新鲜的感受。东方是个充满神奇色彩和魅力的地方，他觉得百景图还有时间完成，但"去东方"的机会绝不能放弃。

JOHN SIMON GUGGENHEIM MEMORIAL FOUNDATION

551 FIFTH AVENUE

NEW YORK

January 3, 1931

    I HEREBY CERTIFY, That Mr. Thomas Handforth, of Tacoma, Washington, has been appointed by the Trustees of the John Simon Guggenheim Memorial Foundation to a Fellowship, for the period from January 10, 1931, to January 10, 1932.

    The terms of his appointment require him to devote himself during this period to creative work in etching, in the Far East.

    Mr. Handforth is respectfully recommended by the John Simon Guggenheim Memorial Foundation, as a distinguished American student, to the esteem, confidence, and friendly consideration of all persons to whom he may present this letter.

Secretary

托马斯获得古根海姆奖学金时的通知信

驶向东方

　　1930 年底，托马斯抵达纽约，开始筹备他的东方之旅。虽然 12 年前他曾在纽约学习过两年，但是那里的变化太大，他感觉自己像是到了"外国"。他说："这种不适应，有时候甚至需要掩饰。"对纽约的新鲜感，还有新认识的好朋友，都让他决定结束六个星期的东方之旅后再回到纽约。

　　在等待轮船起航的日子里，托马斯一直在寻找机会画人像，这也是他获得经济收入的方式。在家信中他写了这么一件事。有一天晚上在歌舞厅，一位 70 岁左右、出手极其大方的贵妇让他画像。那个女人整个晚上都在跳舞，最多也就停下 5 分钟，精力之充沛实在与她的年龄不符。托马斯认为给这样的女人画素描，一定要画得漂亮，哪怕不像她。果然主顾对素描满意极了，非常兴奋，并邀请托马斯去她的城堡做客，可托马斯拒绝了。为权贵画像是他经常做的事，可在留存下来的作品中我们基本看不到这类作品。我想他这么做大概是为了挣钱，与艺术不相干。

东方之旅，对托马斯来说是个天赐良机，但是他的朋友们却不以为然。在给母亲的信中他说："朋友们表面赞同我的决定，其实都在为我惋惜。他们认为我应该留在墨西哥，继续'波波卡特佩特火山百景图'的创作。"（1931 年 1 月 12 日信）

在挽留他的人中，有一个人社会声望很高，他就是美国知名作家、戏剧评论家、摄影家、现代舞蹈评论家卡尔·范·维克滕（Carl Van Vechten）。他用相机拍摄过总统、科学家、艺术家等知名人物，还有中国作家林语堂先生。

卡尔非常喜欢托马斯的作品。在看过他的一些素描后，卡尔更是痛感"相逢恨晚"，否则他一定会让托马斯为他的精装版小说《黑人的天堂》（*Nigger Heaven*）画插图。当时他让一个英国人为这本书作画，而这个人从来没到过美国。卡尔许诺以后会请托马斯为他的书画插图，然而这个约定却因为托马斯的"选择"而始终没有实现。

卡尔那年 51 岁，比托马斯大 17 岁，是长辈。以他的社会地位和阅历还想挽留住托马斯，必是非常欣赏其才华。为了让托马斯改变计划，卡尔请他吃午饭。饭后卡尔还硬拽着托马斯在纽约逛了一大圈，去了好几个地方，目的是让他好好看看这座城市。卡尔对托马斯说："纽约多好啊，亚洲怎么可能与这里相比！上了船你肯定会后悔。"卡尔甚至放了"狠话"："上不上船，现在就得决定！一旦上了船就彻底掰了，哪怕是误了船走不了都不能算。"这即便是开玩笑，也够霸道的。卡尔之所以这么骄狂，除了他的个性，还因为他在艺术界的声望。毫无疑问，他可以给一个年轻的艺术家提供诱人的机会和前景。对乍到纽约的新人来说，这样的机遇不是轻易可以碰到的。

可托马斯对东方之旅从没有过丝毫的犹豫。他渴望去看看东方，去欣赏那里独特的人文风景。这是他幼时的愿望，至今它依然强烈。哪怕只去六个星期，他也愿意放弃眼前的任何机会。

1931年2月8号，托马斯登上了英国的"爪哇王子"号轮船（SS Javanese Prince），目的地是香港。这条8000多吨位的轮船自纽约出发时只带上了两家人——那时候英国的国际航线并不兼为美国旅客服务。托马斯和来自新泽西州特伦顿市的一家人就是这条船上所有的编外乘客了。那家的男主人是一家高级食品店的老板，携家人去亚洲旅游6个月。

轮船自纽约出发，沿美国东海岸航行，有时候在一个口岸能停上一两天，用了18天才到洛杉矶。那个年代没有专门运载旅客的远航船，都是客货兼运，边走边停，与今天的游轮可不是一回事。否则就这点旅客，轮船公司可亏大了。船到洛杉矶后又上来两个人——美国驻上海的领事和他新婚的妻子。新娘是丹麦与英国人的后裔，是她家出生在中国的第三代人。

在船上，托马斯除了看书就是画画，他把所有的船员——聊天的、打瞌睡的、干活的——包括船长都画了个遍。那个不爱说话、性格有些古怪的食品店老板在船上看到托马斯的画后，也请他专门画了25幅画，准备把画拿回特伦顿市为食品店做广告。托马斯从中得到的报酬，正好可以支付船上额外的费用。船上的乘客常聚在一起讨论人生的意义或是关于社会进步与否的话题。而托马斯认为这些讨论"是在消磨时间，没有意义"。

海洋对托马斯而言有着无穷的魅力，我甚至觉得他个性中的很多特点都与海有关。在给母亲的信中，他常常写到海："这绝对是最大的海洋，我从来没有见过。你好像永远都到不了海的另一边！"他还记录下了通过巴拿马运河的经历："我们的船在平静的太平洋上航行，远处是墨西哥海岸上连绵不断的山峦。当通过米拉弗洛雷斯船闸的时候，我们看到太平洋的水就像玻璃一样平静而透明——就连大西洋也是如此，使我几乎感觉不到船在移动。我们回想起从洛杉矶出发以后，一路经过的墨西哥科利马的火山。那白雪皑皑的峰顶，还有那一道道青紫色的山脊和金色的山谷，简直就像一幅无与伦比的中国画卷。"（1931年2月22日信）在他的心里，美总是与中国艺术连在一起的。无边无际的海洋、美丽的港口深深打动了托马斯。他创作海岸系列版画的念头越来越强烈，他坚信这是下一个努力的目标。

虽然过了一个多月的船上生活，但旅客与地面的联系却从没断过。根据航行计划，来自陆地的信件会寄往下一个港口，因此每当船靠岸，旅客们都可以收信寄信。今天我们已经很难想象这样的远行了。

1931年3月9日，历时一个月，轮船到达了日本横滨。托马斯去探访了一个京都小镇，那里几乎每一家都从事陶艺制作。在一家陶艺坊，他看到一个家庭中的父母、儿女、叔伯、姑嫂都聚在一起，他们花了很长时间，就为讨论一个简单的问题——器具上的一枝花茎是稍靠右边好，还是稍靠左边好。他们讨论这个问题的目的是要仿制出一模一样的11世纪的中国陶器。

在托马斯的眼中，日本的一切都如他所料："这是一个要求近乎完美的民族。除了明显的西方现代化痕迹以外，每处景致，无论是从前看还是从后看，都像是歌川广重的画。每到一处都是同样的感觉，这样严谨、完美、人为的规范，将大自然束缚其中，实在没有意思。"日本令他感到有些失望。

在东京，托马斯遇到了卡彭特一家人。约翰·奥尔登·卡彭特（John Alden Carpenter）先生是美国作曲家，刚从北京过来。他激动地告诉托马斯："你赶快去北京。"卡彭特太太说："那里有太多的创作题材，是取之不尽的地方！"

"不去。"托马斯回答，"我正准备创作海岸系列，现在对寺庙、象牙塔、陶瓷之类的没有兴趣。我只想做海边的一只小老鼠，静静地观察现实生活，游历各国，享受异域风情，这些才会给我带来创作灵感。"

"我太固执了。"托马斯说。

4月14号，他按原计划到了上海。20世纪30年代的上海是一个高速发展、令各国人趋之若鹜的城市，歌舞厅、夜总会、妓院云集。

当时在北京的外籍人士有些自视清高，他们普遍认为，"（自己的）层次高于中国任何地区的外籍人群，尤其是对庸俗的上海外籍人而言，尽管西式建筑、国际贸易、市场经济等概念皆自上海而起。京城是皇宫的所在地，居住在皇城中如处在古代文明的中心。再者，京城依然保持着古老的原貌，没有被世界现代化潮流所熏染"。另外，"京城的外国人对中国古老、丰富文化的敏感程度，远远高于那些只看重物质的上海外籍人士"。

在上海刚待了两个星期，托马斯就已经极不耐烦了。在给母亲的信中，他说："我无法忍耐，极度困惑。我精神有毛病了才会到这儿。上海是东方的倾销之地，灯红酒绿，丑恶不堪，恐怕世界任何一个地方都不会是这样的。这里只适合那些会享受声色犬马之娱的人。想进入他们的社交圈，一个人至少得会讲6种语言，刚说完德语，就得用法语，或者匈牙利语、俄语、意大利语或苏格兰语。"（1931年4月28日信）

"上海的气候潮湿、闷热。城市肮脏、无聊，甚至连公园都很少，更谈不上什么花园。建筑没有特色，城市设计缺乏魅力，实在没有趣味。对有思想的人来说，绝不该来这里。人们生活的状态、心理都令人费解。"（1931年5月11日信）

繁华的都市从来不是托马斯喜欢的地方，内心的沮丧和不知所措已经到了让他无法忍耐的地步。这种情绪在我看到的所有信件里就出现过这一次。托马斯本是个性情温和的人，导致他如此烦恼的另一个重要原因是失望。日本人的古板，他不喜欢。西方人在上海的颓废表现更令他难以接受。这不是他想象中的东方、期待里的中国，更不是那个他自幼心神向往的地方。梦想被现实击碎，这对他无疑是很重的打击。这时他又接到了古根海姆奖学金机构的通知，表示不能为他提供更多的旅行费用——1929年美国股市崩盘，元气大伤，接下来的两年间经济萧条，古根海姆奖学金机构也陷入了困境。这让托马斯的情绪跌到谷底。

在一个下着毛毛雨的五月天，托马斯去美国运通公司办事。走到令他生厌的上海外滩时，他看见街上有几个劳工正围着一个和车夫讨价还价的外国女人。女人手中紧握着一把没张开的雨伞，好像准备威胁那个车夫。他停下来走上前去，想看个究竟。外国女人一看见他就举起了手中的雨伞，紧接着"啪"的一声，伞拍打了下来——不是冲车夫，是冲他。

"你还在这儿干嘛呢？"女人大声叫喊着，一口流利的美式英文，"我不是告诉你了嘛，到北京！北京！"原来是他在日本遇到的卡彭特太太。"赶紧离开这里，你明天就去北京！"

第二天，也就是 1931 年 6 月 1 号，托马斯坐上了开往北京的列车。

落脚北京

　　一到京城脚下，托马斯就爱上了这座城市："京城实在令人赞叹，没有哪个城市有如此宏伟的布局、如此宽阔的道路，东西南北如此对称。拥有 2000 年历史的京城，虽说不是现代化城市，竟然还能适应今天的交通。"（1931 年 6 月 7 日信）

　　托马斯在京的时期，正是 1927 年到 1937 年，中国近代史上所谓的"黄金十年"。在西方人眼中，那时候的京城究竟是什么样子呢？

　　2012 年英国出版了一本名为《与龙共舞——消失在北京的外国群体》（*A DANCE WITH THE DRAGON – The Vanished World of Peking's Foreign Colony*）的书，作者是朱莉娅·博伊德（Julia Boyd）。她自 1900 年义和团围攻驻京外国领事馆开始，写到 1948 年西方人撤离。朱莉娅采访了很多当年在京生活过的外籍人的后裔。她还在书中引用了大量当年的书信中的内容，也因此保存下来很多史料。

朱莉娅写道："20 世纪 30 年代，京城迎来了蜂拥而至的外国学者、作家、艺术家，这是前所未有的。他们发现战后的欧洲像是一个被吸干了水分的橘子，而京城竟是一个幸存的'无污染'城市，人们依然可以在这里享受优质生活，同时又远离欧洲时尚。美国学者劳伦斯·西克曼（Laurence Sickman）说，'进入 20 世纪后，世界上唯一幸存的城市——无论是就自然环境还是就近千年的社会传统而言——就是北京城。'……很多知识分子计划一辈子都要在京城生活下去。"

当时的西方人，尤其是文化界人士，都非常喜爱京城，甚至认为"北京是天堂"。有一个法国人竟然在京城的四合院里修了一个游泳池，还建了一个法式花园。

对多数外国人来说，当他们乘坐火车进入北京后，首先进入他们视线的就是古城墙。1912 年，一位来自美国的游客写道："北京最令人震惊的是城墙。它最先吸引你的注意力，从那一刻开始你再不可能忘记它了。它耸立在那儿，威严、遥远，虽然它是为守卫这座城市而建，但绝不仅于此。"我想，这也是《美丽》一书的前衬和底衬都画有城墙的原因吧。

哈罗德·阿克顿（Harold Acton）是英国学者，曾任燕京大学和北京大学的文学教授。1932 年，他乘火车到北京。在回忆录《美学家的记忆》（*Memoirs of An Aesthet*）中他这样描述第一次见到京城时的情景："不需亲吻这块圣土，因为它层峦起伏，似乎在亲吻我；填满我的口、眼和鼻……中国的圣土一路伴我到北京……我感到无比平静……奇怪地感到家的安宁。"

一个住在北京的西伯利亚女人写道："这里的星星简直太不可思议了，它们很大，很亮，如火苗在闪烁，颜色不断地变化——美极了。有一颗很大的星星似乎就挂在教堂的圆顶上。与其他闪烁的星星不同，它如一弯月亮将地面照得通亮。"这样美丽的京城夜景，今天只能在我们的想象中了。

值得一提的是旧京城中的气味和街道。梁实秋先生在《北平的街道》一文中写道："如果在路上闲逛，当心车撞，当心泥塘，当心踩一脚屎！"几乎所有外国人在当时或后来回忆的文字中都提到过这些，托马斯也不例外。他总是喜欢将京城雨天满街的泥形容为"巧克力"——用泥巴垒起来的院墙一到雨天就流淌出"巧克力"。那时候京城有"无风三尺土，有雨一街泥"的说法。张鸣教授在《重说中国近代史》中也提到："之前的北京城从来都是污水横流，也没有下水道，只有一条大沟……这个改观就是从八国联军占领北京开始的。后来新政接上这个茬，开始置办警察和公共卫生系统，北京人这个时候才懂得了不能随地大小便的道理。"这样的城市环境竟然没有影响西方人对京城的热爱，可见京城那时候的

❶ 前门三头桥　　❷ 北京城墙　　❸ 前门大街
❹ 万里长城　　　❺ 故宫

①

②

③

④

⑤

魅力。

导致西方人蜂拥而至的重要原因，除了外在的、直观的感觉，还有一个大的历史背景——第一次工业革命。19 世纪在西欧、北美爆发的轰轰烈烈的工业革命，改变了那里的社会结构、生活方式乃至人们的价值观。这种巨大的冲击不容易被人们接受，也是我们今天难以想象的。当西方人发现世界上居然还有北京这样一个没有被工业革命"玷污"的古老城市，发现这是 20 世纪唯一幸存的宝地后，他们来了就不走了。

想要在京城过上舒适讲究的生活，西方人必须依赖京城的"服务人员"，也就是厨子、佣人、车夫和苦力。他们廉价的劳动固然诱人，但是更让西方人尊重和敬佩的，是他们的忠诚、智慧、幽默、开朗和体贴。能享受这些人的服务，西方人甚至感到骄傲。有些人还承认："没有他们，西方人在中国连一天都活不下去。"辜鸿铭先生对此有过深刻的评论："外国人在中国居住的时间越长，对中国人的喜爱——你可以称之为'欣赏'——就越会与日俱增。在中国人身上有种无法形容的东西，不管他们多么缺乏清洁的习惯和文雅的举止，不管他们的心灵和性格上有多少缺点，他们依然比其他任何民族更能赢得外国人的喜爱。这种无法形容的东西，我把他定义为'温顺'……称之为具有同情心的或真正的人类智慧的产物——这种人类智慧既不是来自推理，也不是源于本能，而是出于同情心——出于同情的力量。"

让外国人惊叹的还有中国人的生活智慧，尤其是在出游的时候。外国人喜欢到西山、长城、十三陵这些地方野营露宿。他们经过长途跋涉颠簸，已经是风尘仆仆，满脸倦色，但是不管是在远离人烟的古庙里，还是身处破旧的村庄，即便在长城上，佣人都能想法儿烧出热水来，在一尘不染的桌布上摆放好丰盛的晚餐，把干净平整的床单铺在主人的床上。我看到一篇文章里讲海伦的待客方式。她让客人们去景山公园的煤山上聚会。大家呼哧带喘到达山顶时，却惊喜地发现那里已经有摆好的桌椅，白色的桌布上是热茶和糕点。民国时期意大利驻中国大使丹尼尔·瓦尔（Daniele Varè），曾在明长陵附近的延寿寺举办午宴。"餐桌上有烤意大利面、鸡肉饼、鱼饼、沙拉、布丁、水果、咖啡和酒。寺庙里既没有瓦片，也没有瓷砖。佣人硬是就地现搭了个'烤箱'，烹调出了所有的美食。"

同样，刚到北京的托马斯对中国人的印象也来自佣人。到京城的第一年——也就是1931年底——他得了伤寒。病愈后，他写信告诉母亲："医生允许我在圣诞之夜回家。回到我的小房子后，（我）发现里面摆放了好几个雪松花环，到处都装饰着象征圣诞节的绿色植物。还有一个用松枝搭成的小圣诞树，上面挂满了金丝和红果。还有好几盆水仙花，加上其他几盆花的点缀，整个屋子的气氛显得欢快极了。从这件小事中你就可以明白北京人有多好。类似的事其实经常发生。让我第一眼看见就喜欢的是床罩，他们铺了一块色彩华丽的棉织床罩在床上。这个棉织品不是中国产的，应该是危地马拉或保加利亚产的，那恰恰是我最喜欢的款式。"（1932 年1 月 10 日信）

佣人是生活在社会底层的劳动人民。他们因为最贴近西方人，是其在京城生活中高度依赖的群体，所以往往成为西方人了解中国人的开始。辜鸿铭先生在《中国人的精神》一书中这样概括："人们觉得无需物质力量来自我保护，因为他确信每个人都认同正义和公平作为一种力量比物质力量更重要，道德责任必须被服从。"因此他们虽然贫困却依然快乐。那些扎根在民间的传统规范和处世态度深深影响了西方人并赢得了西方人的敬重。他们还留下了很多文字记录，甚至将其写进小说。比如，前面提到的小说《带玉的女人》中的佣人王奶奶，就是作者根据在京时雇用的保姆创作的角色。她善良、忠实可靠，危难时可以为雇主两肋插刀，不过有点仗势欺人。她眼观六路，耳听八方，看人准。她对人的评价，最后总能得到事实上的证明。她非常可爱，是除主人公外我最喜欢的人物。

住在京城的许多外国人都生活在自己的圈子里，只在东交民巷那高高的使馆区墙内交际。有时候他们会聚在一起，有时候又水火不容，甚至相互敌对。在这些灯红酒绿中，他们还要从事间谍工作，收集他国情报。战争爆发后，人们都自动聚拢到各自的国旗下。朱莉娅在《与龙共舞》中就记录了这样一件趣事。几个单身汉要办个宴会，宴会后是舞会。他们选定了几位领事馆的要人来担任主持人，有比利时领事馆的部长、澳大利亚领事馆的秘书长、俄国领事馆的秘书和主任以及法国银行的主管。他们一共邀请了 55 位客人参加宴会，还有一部分人只能参加舞会。结果法国领事馆的部长拒绝参加，理由是没把他列入主持人的名单；澳大利亚领事馆的护卫指挥官拒绝参加，因为他只被邀请参加舞会而没被邀请参加宴会；澳大利亚领事馆的部长和夫人也拒绝参加，因为他们对就餐的位置不满意；澳大利亚领事馆的秘书长与其他人的关系都很僵，所以他也不来。

　　20 世纪 30 年代也许在历史的长河中只是一次转瞬即逝的海潮，但是那撞击毕竟留下了一片海水的印记。

京城百态

托马斯说："我无法想象一个人除了北京之外还想要生活在别的地方。这座城市散发出来的安静与平和的气质充斥于天地之间，她以特有的生活方式传递着精神和理性的力量。在效率和秩序进入中国的时候，希望浪漫、平和还有中国古老的魅力会永远传递下去，所有爱上中国的人都会感受到她的魅力。"京城的方方面面都在吸引着托马斯。在他的观察里，一直都有对人、对社会更深层的思考。

1939 年，在美国图书馆协会 ① 第 65 届年会上，曾在京城生活了近 7 年的托马斯向美国人讲述了自己的经历并介绍了北京。这是一篇很长的讲稿。在介绍京城的段落中，他以描述"画面"的方式，将人们带入"现场"。这些"画面"

① 美国图书馆协会成立于 1876 年，是世界上历史最悠久、规模最大的图书馆协会。

有颜色、声音、动作，甚至味道。我想，这不仅是托马斯记忆中的"定格"，更是京城某一刻的历史记录。

我们来看看他描述的"画面"吧。

在厚厚的城墙内，就是卡彭特太太告诉我的那个灵感取之不尽、用之不竭的京城。这座神秘复杂、有着悠久文化历史的城市，正在与西方现代文化奇特地交错在一起。清朝巨大的宫殿后面隐藏着一个新开的日本小商店；一群群黑色的乌鸦飞过紫禁城黄色的屋顶，它们也在法国酒店的屋顶花园里歇息；来自俄罗斯的乐队正演奏着美国音乐，为来自世界各地的人伴舞。人们在舞池里或许可以看见一个由男人装扮的中国女人，她身穿晚宴夹克，长裤一看就知道是在美国最时尚的购物大街买来的。有时她还会穿军装——据说这个女人就是军阀张宗昌的姨太太。旅店外面是宽阔的林荫道，与汽车、人力车并行在这条路上的还有骆驼、羊群和猪群。街道旁的两棵树间，是两个老乞丐的栖身之处。空气中弥漫着从戈壁滩吹过来的沙尘，还有往来于蒙古、新疆、印度的马帮的气味。

在东交民巷使馆区的高墙内，只要随意走走，就会看到酒会、舞会一场接着一场，寻欢作乐的人像水缸里的金鱼一样动个不停。高墙的另一侧是德国医院，里面正藏着中国的政治犯，他们来这里寻求庇护。天坛边上的古柏参天，树冠相接，外国人潇洒地在里面骑着蒙古小马。攒尖顶下是深蓝色的琉璃瓦，室内的柱子是由从俄勒冈州进口的花旗松制成的。圆形的白色大理石祭坛的寓意是"天圆地方"，站在那里的感觉像面对着整个宇宙。我甚至能想象出露丝·圣·丹尼斯[①]站在神圣的祭坛上翩翩起舞的样子。然而，在这个神圣祭坛的旁边就是一条臭水沟，臭味冲天，即便是条癞皮狗也不愿意靠近它。身穿丝绒或白麻长袍的老人们聚集在天坛入口处，提着精致的鸟笼子遛鸟，或者凑到一块逗象牙盒里的蟋蟀。马路对面，聚集着一大群男女老幼，他们来观看刑场斩首。再远一点是个肮脏的、满是灰尘的小广场，那是苦力们娱乐的地方。那里有杂耍、摔跤、柔术、舞剑等表演。身体非常柔软的少年杂技演员们略带微笑的脸，就像毕加索画上的那些让人感伤的滑稽面孔。在这尘土飞扬的街上，这样的生活场景每天都在重复。

故宫四周的护城河两边种着一排排古老的松树，在树荫下散步时可以看到老者教男孩子打太极拳。那是一种古老的慢节拍运动，它特别适合读书人操练。它既可

---

① Ruth St. Denis，美国现代舞蹈早期的发起人，1932 年到过中国。

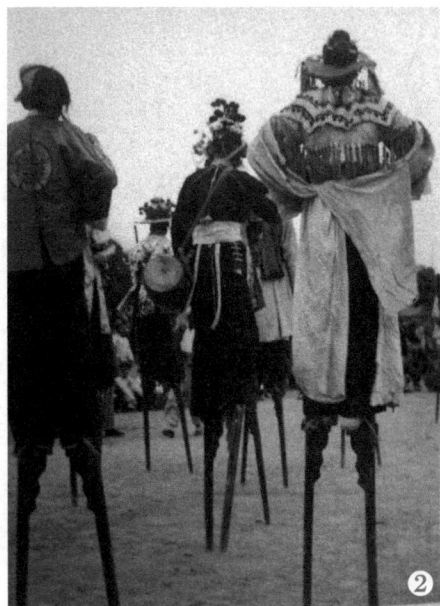

❶ 顶碗的少年
❷ 踩高跷表演
❸ 黑熊表演
❹ 杂技下腰
❺ 杂技托举

以调节身体机能，又能舒缓人的精神。有时身穿灰色军装的士兵也会在那里练习武术。武术同样是种古老的运动，适合那些不识字、想要强健身体的人。他们挥舞着大刀的模样就像俄罗斯的芭蕾舞演员。

身穿红色锦袍——上面总是油迹斑斑——的蒙古人，穿着沉重的皮靴在街头踱步。坐在玻璃马车里的满族女孩子，顶着花花绿绿的头饰，肤色白里透红，一副弱不禁风的样子。关在镀金笼子里的金丝雀，与宫里的珍宝一同被顺手牵羊带出了宫；老太监们都到山上的寺庙里隐居。每个周日上午，本应储藏在宫里的锦缎、皮货，甚至还没开封的贡品，统统在市面上公开出售。人们蜂拥而至，拖在地上的长袍马褂卷起阵阵灰尘。夜晚，城墙的大铁门拉拴上锁后，就是伦敦和柏林的古董商"上班"的时间。他们晃着酒杯，与中国商人瓜分盗墓的"战利品"，一直忙活到天亮。清晨，在寒冷的街上躺着冻死的乞丐。

大使馆的先生们在国际卫队的操练场上骑马、玩曲棍球；大学生们在街上示威游行，反对日本的侵略，他们被警察打得伤痕累累、血迹斑斑。葬礼和婚礼的队伍不断堵塞交通要道——主持葬礼的不仅有道士，还有僧人、喇嘛，甚至还有牧师。中国人是现实的，哪怕是为了来生，只要能使日子过得好一些，他们不会忽略任何可能的机会。

冬天，衣着时尚的青年人会在颐和园的人工湖上优雅地滑冰。夏天到来时，那里荷花盛开，环绕着湖中的白鹤。炎炎烈日下，大汗淋漓的苦力赤裸着上身，蹲在街边啃着刚切开的绿皮西瓜。梳着油亮的头发、穿着蓝旗袍的女人在茶馆的阳台上嗑着瓜子。

春天，满族亲贵在自家花园里的海棠树下，对着丝绸卷轴挥毫泼墨。流传千年的"智者乐水，仁者乐山"，是文人寄情山水的写照。花园的设计有极高的艺术造诣，尽管四周是高墙，也有曲径通幽看不到尽头的效果。一座座火山岩制成的假山就像是抽象派的雕塑。一股清泉从山上流下，在谷底突然转到山后，给人以山谷连绵不断伸向远方的感觉。

托马斯用生动直白的语言，给我们描述了一幅长长的画卷，一幅京城民国时期的"清明上河图"。我不知道当年美国听众如何消化这样复杂——其中也有他们的"身影"——的异域画面。在这些我既熟悉又陌生的场景背后，有一种情怀令我感动，那就是托马斯对人的关怀和同情、对古老历史文化的尊重、对北京的爱。

在托马斯的作品里，很少有上面描述的"光明与阴暗""美与丑"共存的画面，反映苦难生活的作品也极为少见。在塔科马市图书馆保存的文物中，我只见到一张他画的日本人在北京城墙外屠杀中国人的草图。他总是在美的基调上把握题材，将人生的断片固定在温和、善良的那一刻。托马斯的好朋友，也是美国的一位艺术收藏家，在纪念文章中说："（托马斯）敏锐地观察身边所有人的命运，却刻意保留愉快的记忆和瞬间的平和，他不希望自己的画被生活中的不幸和悲惨所吞没。人生中的悲喜永远都存在，只有具备足够智慧的人才能从中寻求宁静的快乐。"这是托马斯始终追求的一种人生态度。

胡同安家

在看到托马斯的日记之前，我一直以为他喜欢的生活状态就是"漂泊"，其实不然。他之所以"漂泊"是因为他一直没有找到一个与自己的心灵接轨的地方。他说："我不理解那些总是在旅行的人。如果能在世界任何地方找到一个适合的角落，我会非常知足地在那里过一辈子。"（1931年5月11日信）是京城改变了他吗？在京城住的时间越久，托马斯越是喜欢这里。他觉得就像1062年穆拉比特王朝发现了摩洛哥西南部的马拉喀什市（柏柏尔语，意为"上帝的故乡"）那样，他也发现了属于他的"上帝的故乡"——北京。

他刚到京城第二个月就赶上了多雨的夏季，雨一连下了两个月。他写信告诉母亲，下大雨了，房顶漏了，附近所有中国人家的房子都漏了。雨水浸透了泥糊的土墙，屋里潮气太大，所有的东西好像都发霉了。屋子又闷又湿，待在里面让人觉得像是在洗土耳其浴。京城所有的店铺和活动场所都关闭了，满街都是泥水，像融化了的巧克力在流淌。人们将用秸秆和干草编成的大垫子铺在院子里，这样脚不至于踩到水。那垫子还可以当遮阳篷，用木杆和竹子撑着。太阳光从哪个方向照过来，人们就会把那一侧的草垫放下来。

京城闷热的雨季和泥泞的街道没有让托马斯感到不适，更没有阻挡他对这座城市日益加深的喜爱。他告诉家人打算在京停留两个月。也许他早已将最初计划的"只待两个星期"抛到了脑后，而且在往后的家信中，他再没有提起"两个月"。1932年6月份，也就是到京城一年后，他告诉母亲"在这里非常愉快，这个城市太奇妙了。一想到美国在竞选，我就心生厌恶，居然把时间都浪费在这件事上"。（1932年6月29日信）他甚至拒绝参加朋友的出京旅游，因为"这里太有意思了，有很多值得深入了解的事，我实在不忍离开"。同年9月，他让家人将存放在家里的早期作品和拍的照片统统运到京城。那时候，他认为"世上没有哪里比京城更安全"。

托马斯决定在京城安家了，他花了一年的时间找房子。这段经历极大地满足了他的好奇心，他就是想看看北京的老百姓是怎么过日子的。1932年4月，他在京城北边远离外国人社区的地方，找到了一个满族人居住的大宅子。宅子有两层楼，阳台很长，屋子前后都有庭院。大门非常气派，门口有两头石狮子和一排杨柳树。站在阳台上可以看到不远处的湖，里面种满了荷花，再往远处看就是钟楼。毫无疑问，这是城里最浪漫的地方，而月租才 4.5 美金。但是朋友们提出了诸多不合适的理由，最重要的一条是，若住在这儿，托马斯就不会去看望他们了。我猜测那个宅子是在德胜门和安定门之间，虽然还算在城内，但距离那时候的市中心是远了点。托马斯只好忍痛放弃了这里。

这年 6 月份，他终于找到了理想的宅子，就是王府井东侧的甘雨胡同 14 号。清朝时，镶白旗蒙古都统署曾设在这里。义和团的首领也在这所大宅子里住过。义和团被镇压后那宅子归了清廷，后来又归了国民政府。英国传教士曾在那里办了个盲人学校，大概时间不长，最终宅子被一位官员买了下来。宅子里面有一个很大的庭院和几个套院，一米多厚的过道墙壁里还藏有暗道。

我去甘雨胡同探访过，很可惜旧居已荡然无存，连门牌号码都无从查起。甘雨胡同 18 号是唯一保留下来的大宅子，但是里面已新盖了好几排房子，好像住了十多户人家。院子的尽头有一棵老槐树，不知道是不是当年种的。

托马斯和朋友合租了这个宅院（甘雨胡同 14 号）。他写信告诉母亲："（房子）好得超出想象，简直让人难以置信。庭院与房间的比例恰到好处。院子里有好几棵大树，树下有

❶ 托马斯故居的大门
❷ 托马斯和动物伙伴

一个五彩荷花缸，下垂的枝叶正好落入其中。京城最茁壮的树应该就在这里了。房子两边各有一个花园，东西各有两个亭子，我就像生活在树林中。我住在朝南边的正房里。整个南侧的檐廊里都是彩绘的木雕，非常华丽。我觉得进口处的拱形门是京城最好的木雕'作品'……然而一出宅子，就得踩上据说是京城最脏、最泥泞的街道。"（1932 年 6 月 2 日信）

他将最大的一间房子当成画室，据说那里曾经是义和团首领的接待室。他只在里面放了一张 6 英尺 × 13 英尺的大朱漆桌子，看上去像个搞装配的工作台。刚搬进去的时候，邻居们出于好奇，竟不请自入，有一次居然把门都挤坏了。托马斯的工作受到了他们的赞许。美国纳尔逊-艾金斯美术馆东方艺术馆的馆长说："托马斯不是个收藏家，占有的欲望从来与他无缘……他的中国家具很漂亮，设计简单，不显山露水，即便是工艺也都很简单……他最厌恶的是宫廷风格。华丽、炫耀、奢侈从来不会出现在他的生活里。他的家居风格明快、多变、随意、多彩，有时候会令人惊奇。一句话，有个性又不失亲和力。托马斯从不想占有什么，但是我相信，没有什么事比让他离开中国、离开这个拥有大朱漆台的家更使他伤心。"在给哥哥的信中，托马斯说："我越来越觉得在这里自己才有存在感。对美国我很快就只剩下模糊的记忆了。"（1932 年 9 月 23 日信）

1932 年 9 月，托马斯的中学历史老师和她的一个朋友从塔科马市来到京城。她们在老家开了个旅行社。两人来中国是想探探情况。托马斯收留了她们。一个夜晚，历史老师独自走进漆黑的胡同，结果叮当响的门栓和开门时发出的吱扭声把她吓得直哆嗦。托马斯告诉母亲："我家里里外外有好几个门是黑色的，到晚上院子里也是漆黑一片，再加上那些声音，她真以为见到鬼了。这当然不可能了！世界上没有比京城更安全的地方了……京城是中国人唯一的一块绿洲，这里的人遵守秩序，讲道理，按规矩办事。我住在这里很舒适。而其他地方还在遭受持续的掠夺，历史古迹被毁坏，文物失窃。"（1932年9月23日信）有一段时间他竟然敞开大门，开放前院，让西方的游客随意进来看画、休息、喝茶。

那个年代，京城商贩与洋人常常会把买卖做到人们的家里。他们扛着刺绣品、丝绸料子、天鹅绒大衣、锦缎服饰等上门推销。很多物件都是从宫里"顺"出来的，它们廉价又漂亮，深受外国人的喜爱。前面提到的海伦，她初到京城时，就是从这些到家里来的商贩手里买些很便宜的丝绸锦缎边角料，然后将其缝制成女人用的小装饰品和手提袋，再卖给外国人。托马斯也记录了这样的细节，他偶尔会买一些东西寄给家人，尤其是在过年过节的时候。长时间收不到家信时，他还会以此"诱惑"家人："我觉得整个西边好像都被乌云笼罩了，至少给我的感觉是这样。有时候我觉得好像没有一个亲人支持我。你们得行动起来，到邮局去寄信，别老抱着枕头。作为奖赏，我会寄给你们很多好看的衣服和料子。"（1932年8月23日信）托马斯埋怨家人的时候，仿佛是个永远长不大的顽皮孩童。

非常遗憾，我没有找到托马斯在1933年写的家信。他母亲于这年11月去世，父亲早在1929年就去世了。在京的第三年，也就是1934年，他写信给哥哥："我的计划再次改变，这个冬天我仍要待在京城。最近我创作了很多新的作品，但是我还不打算卖掉它们。这里的生活太有意思了。时间过得飞快，我根本没时间想搬家的事。"（1934年11月20日信）

1936年的夏天，来京城的游客出奇地多。不断有名流显贵、艺术团体、收藏家来造访托马斯。最多的一天他居然接待了35位客人。他写信告诉嫂子："我给他们的第一印象总是快乐的，通常我都很有绅士风度。"（1936年8月11日信）

从中国人身上，托马斯看到了一种有别于西方人的生活态度，那或许就是辜鸿铭先生所说的"精神的生活，孩童般的生活"。他告诉母亲不要因为生活中的小事烦恼："假如美国人都能像中国人那样懂得快乐并不建立在物质基础上就好了。他们即便什么都没有，也依然可以生活得很快乐。没有固定工作是我生活的常态，我从不发愁，希望你也能这样……我再次强调，生活总有缺陷，永远都不会是完美的。"（1931年8月10日信）

与多数西方人一样，托马斯了解中国人也是自佣人开始的。刚开始他雇了两个佣人和一个车夫。他在一封写于6月的家信中说："现在是上午11点，天气非常热。我觉得很困，打不起精神。估计我的伙计猜到了，他给我端来一杯冰水。他一个英文字母都不懂，所以我们之间从来不会有任何争执。

在他的观念里，我应该完全由他来照顾，连手指头都不需要动一下。知道为什么中国人这么有魅力了吧。而且他们每月的工钱才8块钱，不到2美金。"（1931年6月19日信）在30年代的美国，住家佣人的月工资约为21美金，两者相差了近10倍。

在与京城百姓朝夕相处的日子里，托马斯把他们当成了一家人。他写信告诉嫂子："昨天因为你寄来的大包裹，我精神焕发，暗自得意了一天。不仅是我，还有我的伙计^①、厨师、学徒和在院子里干活的人，甚至院子外面的小商贩，都为此感到兴奋。尤其是看到你寄来的照片后，他们不相信你的家竟会这么整洁，特别是厨房。他们认为你绝对是为了照相才将其收拾得如此整齐干净，天下不可能有这样的厨房。"（1937年1月3日信）没想到在那个时候，美中文化交流竟以这样的方式开始了。

托马斯的宅子不时有西方的学者过来暂住，前面提到过的英国学者哈罗德·阿克顿在1933年就曾暂时住在他这里。阿克顿先生自带了一位车夫，此人来自广东，英文讲得比北京话还好。托马斯很喜欢阿克顿，觉得他是一个难得的文化人，对艺术有敏锐的眼光，有独特、精辟的见解。阿克顿在北京

---

① 他总是称呼佣人为 boy，从不用 servant（仆人）——作者注。

大学和燕京大学开了英国文学和诗歌这两门课。他还与陈世骧合作，翻译了《现代中国诗选》，这是中国新诗的第一个英译本。托马斯在燕京大学开画展时，阿克顿在《北京纪事》上发表文章，为他做宣传。抗日战争爆发后，阿克顿离开了北京，比托马斯晚一年。1940年他在伦敦见到老朋友萧乾时，告诉他自己还在支付北京寓所的房租，希望有一天能回去。

在京的日子里，托马斯学会了常用的北京话。后来，他请北京大学的教授每天到家里给他上中文课。他觉得"学习中文对大脑是个极好的训练，尽管中文非常难学。学中文书写，对一个画家来说也许非常有价值，因为这其中涉及美学、个人风格，甚至需要投入情感，跟画画是一个道理"。（1932年4月3日信）我不知道托马斯后来究竟把中文学到了什么程度，但是他对情感与书法之间"异质同构"的理解，让我看到了他的审美趣味和追求。

随性社交

2013 年，在北京华辰影像春季拍卖会上，主办方拍卖了一本含有海伦和托马斯旅游照片的相册，里面的照片大概摄于 20 世纪 30 年代。我无缘见到这本相册，据说那里面是去长城和承德避暑山庄时拍的照片。这次出游是由海伦组织的，共 10 天，大约有 5 个外国人，另有仆人随行。

这可能是托马斯到京城后第一次外出游玩。对这次旅游，托马斯的评价是"此生经历过的最精彩的旅游方式，也是最便宜的"。之所以精彩，我想他指的是相对"艰辛"的经历。因为他们第一天就赶上了下雨，路况非常糟糕，行程耽搁了几个小时。夜晚他们只好住在城外的一家小客店里。后来他们租用了两条船，男女各一条船，每条船上配三名伙计。他们在不知道名字的河流上一共航行了四天。船上又热又脏，连续几天他们都吃住在上面。一到黄昏，他们就将船停下来

汤姆和海伦出游

过夜。有时他们也穿着泳装下船，到附近的小村子里逛逛。
这几个体貌奇特的洋人自然会引来惊讶和好奇的村民围观。
村里的土路肮脏不堪，灰尘四起。他们最后乘火车回到京城，
所有的人皮肤都有不同程度的晒伤或水泡，但一路美不胜收
的山川景色让大家久久不能忘怀。

　　路上他们曾在一个新教传教士的家里住了三天。神父接待了他们，他是整个行程中他们遇到的最令人感到愉快的主人，一个难得的善解人意、友好、心胸宽广的人。他在中国生活了36年，去过好几个地方，担任过教会的多种职务，有不少历险故事。他只到过京城两次，那也是他唯一可以过上两天欧洲式生活的机会。当海伦他们打开随身携带的留声机，放起施特劳斯的圆舞曲时，神父年轻时的记忆像是被唤醒了，他在餐厅里分别与三位女宾翩翩起舞。

　　在中国诸多教派的传教士当中，真正有影响的是新教的传教士，他们办的《万国公报》也很出名。托马斯虽然没有记下神父的姓名，却在家信中发出了这样的感叹："你能想象一位中规中矩、拘谨死板的新教的传教士，他最深层的本性、最自然的一面是怎样的吗？他的英文非常标准，尽管他没有机会说——也许10年才可能碰到一次讲英文的机会。他会荷兰文、德文，当然还有中文。他非常佩服和喜爱中国的文化。"（1931年6月19日信）张鸣教授在《重说中国近代史》里面指出："新教在（中国）传播中虽然引起的纠纷不多，但它给中国带来的变化和影响十分重大，比如太平天国起义的诱因之一就是新教的传入。后来中国的变革，从自强运动、洋务运动到戊戌维新，甚至到民国后的军阀时期，很多都跟新教有关。真正在中国有影响的传教士，基本都是新教的传教士。"托马斯的记录，让我们有机会观注这个传教士群体中的一个个体，领会一个短暂有趣的时刻。

托马斯曾跟随前面提到过的劳伦斯·思克曼——一名美国艺术史学家——到溥仪的英文老师庄士敦的"小屋"里住了 10 天。那座房子位于妙峰山乡南樱桃村，如今已属门头沟区的文物古迹，被称为"庄士敦别墅"。劳伦斯是汉学家，1945 年编辑了《中国古代艺术》，能讲一口流利的中文。当时他还是哈佛大学的研究生。托马斯详细记录了在那里的所见所闻，这是他旅行的习惯。他说庄士敦对自然和文学有极深的情感，小屋的布置和周围的环境都深深反映了庄士敦的个性，充满了魅力。当地人管那小屋叫"大房子"，其实那小屋是由一排又低又长的房间组成的，就像是"普尔曼的汽车"——这是西方人当时对舒适型汽车的戏称。最触动他们的是附近的一个寺庙，他们称其为"灵魂寺庙"。庙里面贴满了庄士敦的摘录，其作者包括英国、美国和中国的名人。

南樱桃村在那个时候是个非常贫穷的村子。他们是 8 月份去的，正赶上霍乱流行。托马斯带去的厨师一听说村里有霍乱病人，吓得第二天一大早就离开了。据说他骑了 4 个小时的毛驴才赶到附近的火车站，不巧火车已经开走了。他只好雇了人力车，又花了五个半小时才回到家。厨子走了，幸好又来了两位老妇人帮忙，她们平时的任务就是看护这个小屋。村里一个患重病的人从床上爬起来，像变戏法一样，给他们烹调出极美味的饭菜。托马斯和劳伦斯全然不理会霍乱，他们在山坡、峡谷中漫游，像蜥蜴一样白天躺在光滑的、热乎乎的岩石上睡大觉。晚上他们则在庄士敦的小屋里读达芬奇的寓言，捕捉意大利文艺复兴之光。

在社交方面，托马斯认为："（京城）社交界附庸风雅，自命清高。一个在北京待了两年的海军军官说他不喜欢上海，因为那里只有一座塔！可以想象，使馆那些家伙会怎样炫耀他们的花园、瓷器和玉石戒指。"（1931年6月7日信）托马斯一直是这个外国人团体的"边缘人"，他认为参加酒会是在浪费时间。

有一次，一位美国陆军上校在家里开鸡尾酒会，邀请托马斯参加。他穿上了嫂子自美国寄给他的一件红色衬衣去赴宴，结果上校的三个女儿都跳起来激动地说红衬衫是对他们一家人的莫大侮辱。托马斯解释说，颜色没有政治意义，更与立场无关。可是，这家人从此对他持怀疑态度。

这件红衬衫后来在一次化妆晚宴上"大放异彩"。托马斯说那是最快乐的圣诞节。当时是1937年。为了使自己的装扮达到戏剧效果，他着实费了一番苦心——上身穿了那件红衬衫，下身是一条女式的粉红色灯笼裤，脚穿红色的丝袜。他又披上了一条紫色蜡染头巾，扎上蓝色的腰带，斜戴一顶红白相间的针织帽，还有粉红色的布手套——上面还画了一朵玫瑰花。当他出现的时候，喝得半醉的客人都被吓醒了，主人坚持说不认识他。他只得尴尬地逃跑了。几个小时后他又回去了，这时大家都已清醒，心理上也宽容了些。托马斯说那天晚上他成了最轰动的人物。如果不是他记录下这段经历，我很难想象他会做出这样的事。

托马斯虽生来腼腆，但个性中有种不可遏止的天马行空的成分，如孩童一般。

蒙古奇遇

　　在京这些年，托马斯去过很多地方。面对各种风俗文化，他都称之为"异域风情"。可是当他到了蒙古，看到大草原、牧民和原始的风俗，用"异域"已不足以表达他的心情，因为这"浩瀚神奇之地的人类景观"让他吃惊、感动、敬佩。他留下了大量的人物素描和画像，这些作品现保留在美国纽约的伯克利博物馆，对了解当时的蒙古是一份难得的历史资料。

　　托马斯是这样向美国人介绍蒙古的：

　　　　那是一片辽阔的、极宽广的土地。日本的飞机在天上翱翔，地面是几千公里无边无际的土地。没有城市、村庄，除非你想把聚在一起的 15 个毛毡帐篷也称为村庄。地平线向着世界尽头延伸，一望无际的青草在微风中如波浪般起伏。牛在悠闲地吃着草，倔强的小马驹在原野上奔跑，跟随它们的是朴实、英俊、好客的牧民。他们与世隔绝，好像生活在远古时期。

蒙古人属于游牧民族，他们不盖房子，永远不会顺从地住进村子里，更不会去想象城市的生活。他们年复一年地追随着马群和牲畜，过着美好、自由、坚毅的生活。城市、乡镇、工业、工资、相思病、离婚、瘟疫、战争、国家、社团，这一系列遥远的问题和麻烦，他们恐怕从没听说过。

可是，今天中国政府的军队（先是北洋政府，后是民国政府）要进去接管，农民被引去开垦种地。日本人也去了，与中国人相比他们相对和缓一些。俄罗斯的商人也带着货去交换蒙古马。现在的蒙古已经成为多个民族和国家制造麻烦的地方了。欧洲一个姓氏为斯特尔伯格（Sturemburg）的王子到了蒙古，不知天高地厚地将自己置于领袖地位，企图征服那里，结果被喇嘛赶了出去。

托马斯在蒙古的时候，就住在传教士弗兰斯·奥古斯特·拉森（Frans August Larson）那里，因为当地没有旅店。那个传教士是瑞典人。1893 年，宗教联盟派他到蒙古传教，他是那里的第一位基督传教士，同时又是个生意人。此人对动物的热爱远远超过了宗教，在社交和语言方面也极有天赋。很难想象一个西方人在藏传佛教根基最深的地方，传播基督教 20 年，且深受当地人爱戴，居然还被封为公爵。1911 年北洋政府派兵进驻蒙古，因无视当地文化宗教而引发了冲突。袁世凯请弗兰斯去说和，帮忙平息事端。他成功地完成了任务，被任命为政府的蒙古问题顾问，获得奖金 36000 元，相当于他平时三年的工资。托马斯对弗兰斯的评价是，"当下唯一可以帮助蒙古稳定局势的外国人。因为蒙古人信任他，爱戴他"。

弗兰斯后来写了一本书，叫作《拉森，蒙古的公爵》（*Larson, Duke of Mongolia*）。他的后辈说没有哪个西方人像弗兰斯那样了解蒙古，了解那里的宗教和风俗。

在托马斯的家乡塔科马市图书馆，我看到了一幅名为《祭祀中的摔跤手》的版画，这是托马斯在观看蒙古的一次祭祀大典后创作的。

托马斯认为蒙古人体型彪悍，极具美感。他们兼具多种族的特征，有些像土耳其人，有些像中国人，有些留红胡子和长着红头发的像俄罗斯人。那里的摔跤手非常善良、友好、豪爽，不仅主动配合托马斯当模特，还跟他拉家常。有个摔跤手告诉他妻子跑了，"因为我咬掉了她的一只耳朵"。然

《祭祀中的摔跤手》

后这个丈夫笑笑说："其实她并不是很在意我咬她的耳朵，她最生气的是我把她的耳朵给吞下去了。"这样野蛮的事真让人难以置信。托马斯感慨道，尽管在这样与世隔绝的土地上也有婚姻的麻烦，但是那里的女人还是比城里的女人自由。结婚四天后，如果对丈夫不满意，女人可以离开。这种在蛮荒世界的"自由"，在相对文明的城里是绝不可能的。

托马斯讲过一个发生在当时京城女子身上的故事。一个自小由父母订好亲的女子正准备过门，对方就死了。女子甚至还不知道那男人长啥样，就成了寡妇。按那时候的习俗她就得守一辈子寡。女子告到法庭要求还她自由身，用现在的话说就是"解除这个事实不存在的婚姻"。舆论同情、支持这女子，无奈法庭最后裁决女子败诉。在相对文明的现代化社会里，因律法不公而导致的结果比"咬耳朵事件"更残忍。

1935年，托马斯与一起外国人绑架案"擦身而过"。美国媒体曾多次采访他，然而，记者的报道中总有这样的字眼——"托马斯的回答异常谨慎"，"托马斯不愿意多提此案"。这让我感到好奇。通过查找资料，我才发现这起案件相当复杂。因此在讲述托马斯的故事时，有必要在这里介绍一下这起"擦身而过"的案件，同时也为了缅怀一位真正的记者——加雷思·琼斯（Gareth Jones）。这件事也证实了，如前面提到的英国作家朱莉娅在《与龙共舞》一书中所说，灯红酒绿的京城的确是情报工作的重地。

2006年5月2日，在英国亚伯大学（原名为阿伯里斯特威斯大学）的旧址上竖起了一块纪念碑，上面分别用威尔士文、英文、乌克兰文表达了对"乌克兰的无名英雄"琼斯的敬意。琼斯出生在英国南部的一个叫巴里（Barry）的城市，1926年毕业于亚伯大学，1930年担任英国总理戴维·劳合·乔治（David Lloyd George）的外交顾问，后到纽约工作，成为记者。他曾四次到苏联，最后一次他越过苏联官方的防线，到了禁区乌克兰。他去过12个集体农庄，目睹了斯大林统治下大饥荒的惨状。回来后，他在英国《曼彻斯特卫报》、美国《纽约晚报》和其他多家报纸上发表了颇有影响的新闻报道，揭露这一真相，令世人哗然。琼斯也因此被苏联列为"不受欢迎的人"，被禁止进入苏联的领地。

1935年琼斯到北京担任英国《曼彻斯特卫报》的驻外记者。他认识了德国通讯社负责远东地区的记者赫伯特·米勒博士（Dr. Herbert Mueller）。米勒的中文名字是米松林，京城人称他"米和伯"。身为东方学者、考古学家和艺术收藏家的他在北京很有名气，曾出版过《松林中国艺术和考古收藏》（*The Sunlin Collection of Chinese Art and Archaeology*）。米松林熟悉中国，能说一口流利的汉语和蒙古语。他策划了一条先去蒙古远游再看赛马的旅游路线。与琼斯商量好以后，他找到托马斯，邀他同行。托马斯觉得这是个极好的机会，他尽管已经去过蒙古，但还是所知甚少，因此他想积累更多的资料。于是三人约定好出发的时间。

在1935年6月27日的家信中，托马斯提到去蒙古旅行，计划6月29日启程。信中说"要去远离铁路和道路的地方进行一次探险"。因为他最终没有与琼斯他们同去，所以我无法确定信中所指的旅行是不是与这次旅行有关。

此时正赶上京城的一个宗教庆典活动，两位记者忙着做新闻报道，托马斯就在现场画素描草图。托马斯说："宗教活动结束了，我几乎忘记了蒙古之行的计划，直到二人找到我才想起来。我当时几乎要答应跟着他们走了，突然心里有一个强烈的愿望，还想再看看这个城市，于是拒绝了去蒙古的旅行。"这段话是 1937 年 11 月，他接受纽约记者采访的时候说的，距事件发生已有两年的时间。媒体评论是"直觉救了托马斯"。

后来传出来的事情经过大概是在 7 月中旬，米松林和琼斯在路上被日本人扣留，警告他们此行危险，并说有三条路可以走，但其中只有一条路是安全的。于是，他们按日本人指出的那条"安全"路线走，结果被绑匪抓了。两天后绑匪放米松林离开，让他回去通知民国政府拿 5 万美金赎琼斯。民国政府接到报信后决定立即出钱，并派出使者去找绑匪。就在使者找到琼斯的前一天，琼斯被绑匪杀害了。那天是 1935 年 8 月 12 日，琼斯第二天就满 30 岁了。据一个放羊娃说，琼斯因为不会骑马，又受了伤，跟不上绑匪的队伍才被他们杀害。

至今有学者和研究人员认定，这起谋杀事件与苏联内务委员会有关，尤其是制定整个计划的米松林。"二战"后米松林被控从事情报工作，并且与共产国际有密切的关系，因为他曾住在德国汉堡的苏联领事馆。1947 年美国军事委员会在上海对米松林提出指控，并将他带到日本的法庭与战犯一同受审，最后米松林被判处十年监禁，在慕尼黑服刑。

究竟托马斯当时对这件事了解多少，是否也有所耳闻，我们不得而知。他对记者的谨慎态度必有原因。他说"琼斯的被害绝对是个谜"。另外，事件发生后，他再也没见过米松林。

2008 年，乌克兰拍摄了关于 1932~1933 年大饥荒的纪录片《活着》（*The Living*），里面有关于琼斯的内容。该片获得第六届埃里温国际电影节银杏奖。2009 年剑桥大学展出 1932 年到 1933 年的琼斯日记，这是该手稿首度与世人见面。2015 年有报道说以琼斯的大饥荒报告为题材并以他的名字命名的故事片正在筹拍中。

无论琼斯在蒙古被害是否与苏联有关，他都不愧为一位真正的记者，不愧为大写的人。

"画"样百出

在京城生活的几年里遇到的形形色色的百姓让托马斯着迷。他走街串巷寻找模特，把人物素材的"目标"定在民间。这并不是一件轻松的事，因为他找的这些胡同和闹市里的模特往往不守约。塔科马市图书馆里保留了一张他 1934 年的版画《大刀》。我对这张画的印象很深。大刀在古代十八般武艺中，有"百兵之帅"的美誉。画中年轻的习武人，提腿举刀，稳如雕像，每块肌肉都充满了力量。几笔又粗又浓的裤褶线条，更是从侧面将腿部的"力"完美地表现出来了。习武人用优美的姿势驾驭手中的大刀，安静的外表下透着阳刚之气。在国人被称为"东亚病夫"的时代，托马斯为我们留下了一个真实的习武人形象。他身躯健壮，姿态洒脱，内蕴着武林中人的魂魄。

在接受古根海姆奖金期间，托马斯有义务为该基金创作

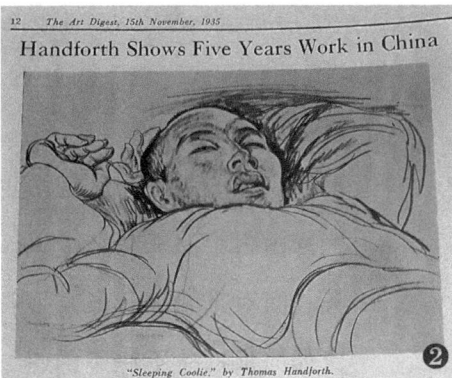

12   The Art Digest, 15th November, 1935

Handforth Shows Five Years Work in China

"Sleeping Coolie," by Thomas Handforth.

Print Comes From Peking

American Artist's Lithograph Takes Season's First Place as College Issue.

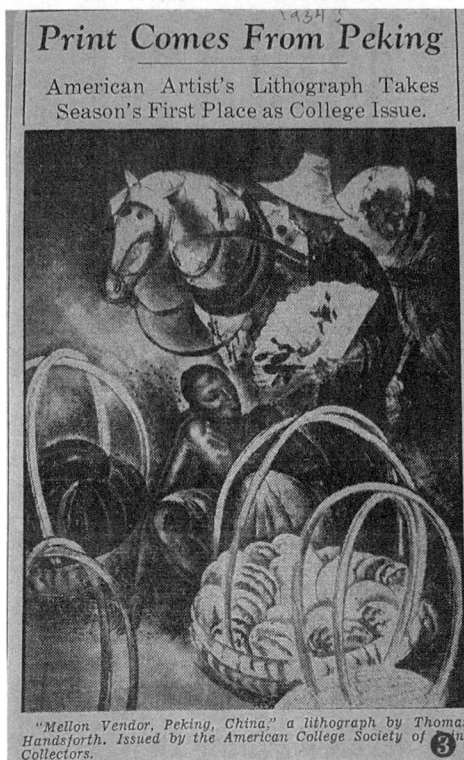

"Mellon Vendor, Peking, China," a lithograph by Thomas Handsforth. Issued by the American College Society of ?nt Collectors.

Donkey Boy, by Thomas Handforth
Lithograph in the New Exhibition Opening at Goodman-Walker's This Week

❶《大刀》   ❷《睡着的苦力》

❸《卖西瓜的人》   ❹《放驴娃》

❺《爷爷》

反映东方的版画，这是协议中规定好的。他所需的画纸和画笔都由古根海姆基金提供，可是托马斯并没有很好地完成任务。面对京城社会丰富多彩的人物和场景，一个艺术家是无论如何都抵抗不住"诱惑"的。他完全沉浸于随心所欲的创作之中，忘记了版画这回事。"我已经用了很多的画纸和画笔。古根海姆先生一定非常生气，因为我想用颜色画画了。至今，我只完成了极少版画。颜色的用法原来是可以非常夸张、自由的。我相信，有一天，我画水彩画的欲望一定会再迸发出来的。"（1931 年 8 月 10 日信）

中国戏剧让他第一次领略了颜色居然可以如此恣意地搭配。"没有任何盛典可以与中国的戏剧舞台相比。我虽然看不明白剧中的情节，不理解观众为什么会那么兴奋，但是所有围绕着舞台的气氛都太让人陶醉了——包括观众在内。他们喝着茶，嗑着瓜子，大声地聊天。服务员将一条条热气腾腾的毛巾从你头顶上抛过去、扔过来。其实最好看的还是后台的化妆间。"（1931 年 8 月 10 日信）因为在那里可以看到很多京剧服饰，每一件都是光彩夺目的艺术品。

很快，托马斯接触到了中国的碑帖和蜡石雕刻艺术，这些给了他新的灵感和启发。第二年，他改变了以往的雕刻手法，创作出新的版画。他告诉母亲："我学着仿效中国浮雕的手法，很难讲得清楚，但效果特别好，线条流畅又漂亮，工艺比铜刻更直接、更节省时间。我的画在纽约会引起轰动的。"
（1932年4月3日信）这一年，他获得了在美国政府铸印局
印画的特权，这是一个很高的待遇和荣誉，只有极少数优秀
艺术家可以获得这样的殊荣，因为铸印局是政府机构，一般
只印钞票。那里的设备和技术在当时都是一流水平。他开玩
笑似的告诉母亲："下一次我的画会出现在钞票上了。"（1932
年6月29日信）

　　1935年，艺术界的朋友纷纷劝托马斯回美国。他们说，
你再不回来，就会与艺术潮流脱轨了。带着这几年在京城的
创作成果，他在9月份回到美国。然而，他那些并没有与时
尚"接轨"的作品却获得了当时美国艺术界很高的评价。他
的画刊登在《时代周刊》《亚洲》《城市与乡村》等几家主
流杂志上。他还参加了在纽约、达拉斯、波士顿等地举办的
画展，甚至在夏威夷开了个人画展。在各地所受到的高规格
接待是他以前所不曾经历过的。那位曾经想挽留托马斯，开
玩笑要与他"绝交"的评论家卡尔·范·韦克滕，专门为他
拍了50张角度不同的照片。《水浒传》（赛珍珠译）的出版
商也在考虑让托马斯画插图。

　　这年11月，纽约《艺术文摘》（*The Art Digest*）月刊登
出一篇题为《汉德福斯在中国五年艺术画展》（*Handforth
Shows Five Year Work in China*）的文章。文中写道："尽管

大家已经熟知托马斯的版画，然而他的手绘却很少见。这里刊登的《睡觉的苦力》是一个典型的例子，足以看出他对绘画的掌控能力……他一直与当地的百姓有密切的接触，一般游客或访问者是很难做到这一点的。他融入当地的社会，与竞技爱好者、民间艺人、卑微贫困的家庭等建立起很深的友谊。中国优美的景致固然吸引了他的目光，但山水在他眼中不单单是固有的风景，更是一个深邃而广阔的体验天地境界的审美空间。"

接着有一篇名为《来自北京的版画》（*Print Comes From Peking*）的文章刊登在波士顿一家报纸上。配图就是托马斯的版画《卖西瓜的人》（*Mellon Vendor*），它被美国学院版画协会评为季度第一名。评论中写道："他的蚀刻版画与他的版画一样好，都彰显了他的特点和技巧。他早期的一些蚀刻版画，线条中没有阴影，却非常传神。他仍在沿用这样的创作方式。汉德福斯先生长期在国外游学，于世界各地短暂停留，主动去接触当地的人民，然后用绘画诠释他们的生活。他去过阿尔及尔、突尼斯、摩洛哥、墨西哥……他在中国待了5年，还去过澳门和内蒙古等地区。就版画收藏界而言，无论是在国内还是国外，他的创作在很多方面都已处于领先地位。他有使用平板蜡笔的独特方法，因此效果也与众不同。他既不追赶时尚，也不恪守传统。他凭直觉、灵感，抓握准确的形式，抒发内心的感觉。"

《波士顿晚报》为托马斯的画展做了专题报道，参展的共有 18 位艺术家，托马斯的版画《放驴娃》（Donkey Boy）登在报纸的最上方。报道在评价他的作品时这样说道："优雅和外柔内刚是作品突显的特点。他通过细微、富有弹性和韧性的线条增强流动感。不足的地方是表面的处理令表现力不够深刻，但这也许是刻意而为的，就是这样的艺术效果。不管怎么说，它绝对是一幅优雅、精美的作品。"这幅版画后被美国国会图书馆收购。

前面提到的美国收藏家安妮·卡罗琳·施耐德，在托马斯去世后评论说："他最好的人物画像作品是年迈的黑人，中国男人和女人，老人膝下的孙儿和沿海的印第安人。没有人画老人时像他那样饱含尊严、理解。他的作品流畅、多变，如诗一样美，在美国艺术史上将永远被怀念。"

1933 年托马斯创作的版画《爷爷》，就是一个很好的例子。画面上是祖孙二人，名字却只写了《爷爷》，可见托马斯意在画老人，小孙子只是配角。老人面颊消瘦，脖子上都是深深的皱纹。纵横交错的衣褶和破旧的草帽都在强调岁月和生活的窘迫。而孙子面孔光滑，身上只穿着简单的小肚兜，模样青涩稚嫩。祖孙两人在视觉上显示出来的强烈反差将我们带入隔代人的温情。祖孙都没有大的动作，却有逼人的真实。

《睡觉的苦力》《卖西瓜的人》《放驴娃》《爷爷》这几幅作品中呈现出来的一系列中国社会的"小人物"，借由汤姆的手登上了西方艺术的殿堂。从历史的角度看，这不得不令人感动。因为那些扭曲、丑化、侮辱华人的漫画在当时还大行其道。托马斯的画笔和刻刀下出现的这些普通人表情平和、仪态安静，流露出一种亲切的诗意美。

从美国回京一年后，美国《版画》杂志公布了一条消息：经全国范围评估选出了 11 位优秀的美国版刻画家，托马斯是其中的一位。

同时，美国艺术评论界注意到："托马斯的作品中东方的味道越来越浓，尤其是日益增多的中国人物画像。这个特点在他的绘画刻印艺术中从来没有失去。他后来的水彩画也有这样的特点，但是风格没有那么明显。他很少采纳当下西方时尚的艺术风格，为了体现一个完整的构图而将内容封闭在框架内。相反地，他刻意将想象力、表达的主题引导到画框外。这就是中国画的特点——以一个截图或一个片段将主题无限地延续下去。"

托马斯的艺术理念究竟是东方的还是西方的？让我们听听托马斯自己怎么说。

我的版画，不是简单地运用雕刻技术再现实际的景物，而是重在表达景物背后的情感，类似于中国书法中的写意。

……写意的节奏不会被限制在画框内。我们看到的只是旋律的片段，整个节奏的变换自画框内到画框外，在二维空间无限地延伸。

基于这样的概念，图画书对我而言，是力求呈现出类似于中国的卷轴画那样在特定的时间段或者一处情景内，自始至终具有旋律的变化，又可以无限地扩展。

现实——是的，就具体内容而言，但不是在构图上。

我力求细节谨严，类似于中国的工笔画，那是非常细致、精准的工艺。

构图是写意的概念，力图通过逼真的细节，将片段的旋律再现，以表达一定的"意"。我的构图方式可以被称为浓缩的现实。如果非得用西方语言表达写意的特质，我会称之为"虚构"——因为表达思想和超乎物外精神的虚幻，都是基于被浓缩的现实。

所以，再重申我创作的主要元素，应该称之为旋律，而不是"装饰"，是虚构而不是"现实"。

我不喜欢将我的作品归类于西方、东方，或异域的范畴，那样太过狭隘。我想可以用"平和"（Pacific）来表现那种精神。

「画」样百出

他还说："对我来说，阴阳如果是一种象征的话，似乎意味着东西方的混合。"

托马斯给自己的"定位"，很符合他的个性。我相信他是独特的。正如 20 世纪 50 年代的一位收藏家说："我收藏的 150 幅现代艺术作品，都可以分别被归入某一个类别，而唯独托马斯的画不属于任何一类。它自成一格，独竖一帜。在他的笔下和刻刀下，每一幅作品都洋溢出新的热情，都体现出画家与主题之间特有的关系。每一幅作品都是由灵感生发出来，然后构思、创作，到最后结束。他从来不会将同一主题改头换面后交给不同的媒体。我至今既找不到他的追随者，也找不到由他的风格衍生出来的作品。"

一切艺术手段都是为了体现他始终恪守的"写意"理念，那个"意"必是来自他心灵的声音，必是诉之于心。

两个"美丽"

在 1937 年 2 月给嫂子的信中，托马斯说："我正在创作一本书，原计划现在就应该完成了，可目前却只完成了一半，因为常有妇女旅游团来京，拉我去陪她们逛京城。我相信，这本书会是（美国）图书界明年脱颖而出的好书之一。最近有一个南京的艺术展览邀请我，看来我不得不推辞掉。在这本书全部完成之前，我不想被任何事干扰。"同年 3 月 5 日的信中，他提到，"此刻，我正全身心地投入这本儿童书中，如果这样的状态能一直保持到书写完，那么它的效果和风格都会非常棒的"。

可以做这样的推测——创作《美丽》的想法是托马斯在积累了五六年的素材后产生的。这看似一气呵成的作品，却是自他到京城的第一天就开始了。

托马斯的宅子里有个砖铺的大庭院，京城的民间艺人常到这里为托马斯当模特。院子里常常像是马戏班子在轮流演出，剑舞、高跷、杂耍、木偶戏接连上场，还有弓箭手、摔跤手、魔术师，甚至说书人出现。更夸张的是还有驴、蒙古马和骆驼这样的动物来他家"做客"。冬天无法在室外作画，他就把人和动物都请进大堂——就是前面提到过的那个义和团的接待厅——可以想象面积有多大！

对那时候京城的民间艺人，托马斯留下了这样的记录："（他们）走街串巷，从一个城市到另一个城市，一户人家到另一户人家。艺人表演民间小曲目，甚至扮成狮子跳跃于庭院之间。"有一个耍大刀的小男孩儿常给托马斯当模特。看着画中的自己，男孩儿会竖起大拇指说："好！好！顶好看！"男孩儿接着说："眼睛要有神，像这样。"说完他睁大眼睛，露出眼白。"头必须伸直，这样。"他扬起脖子，翘着下巴。尽管他的个子和他手中的刀几乎一样长，但他持刀摆出来的姿势却很好看。让托马斯深为感动的是，"这孩子才9岁。舞刀的时候，他比我更懂得刀该怎么握，姿势应如何摆。他做得真是绝了，且很有耐心，绝对比任何一个美国的同龄孩子都要好。事实上，其他来当模特的孩子和大人都是这样"。

有一个杂技演员是个小女孩儿，多次出现在托马斯的作品里。有一次她休息的时候在一旁玩耍，居然打出非常奇特

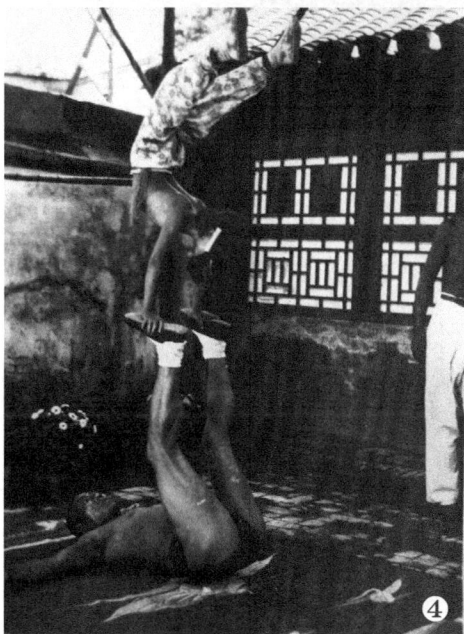

❶ 猴戏　　　❷ 舞狮

❸ 耍刀男孩

❹—❺ 杂技兄妹

❶ 耍棍男孩

❷ 耍刀男孩

❸ 挑担的年轻人

❹ 杂技兄妹

❺ 女孩

的绳结把自己给绑了起来。托马斯说："没来中国前，曾想象小杂技演员的训练一定非常苦。但是在中国我看到至少许多小演员对学习高难度的特技是很感兴趣的。"与绝大多数西方人相比，托马斯更懂京城的百姓。

当然，哪里都有贪心的人。有一个在茶房里唱歌的小姑娘，经常穿着一身花绸衫。她身材苗条，脸蛋漂亮。她同意给托马斯当模特。但是去的那天，她套了好几层外套，臃肿得像个大土豆。最外面的是一件褪色的蓝色长袍，最里面的才是托马斯看中的花绸衫。她每脱一件袍子，工钱就跟着涨一点。

为了赢得模特的信任和合作，托马斯除了请他们喝茶，还常模仿卓别林走路，或者做些滑稽的表情逗他们开心。他渐渐地和这些模特成了好朋友。他想将这些朋友都聚集在一起，画进一本儿童图书里，却困惑于不知道由谁来担任书中的主人公。

这时候，他遇见了卜美丽。前面我们讲过，托马斯是在一个园丁家遇到她的，后来也常常去看她。园丁住在一条很窄的胡同里，美丽每次都站在灰色的大门槛上等他，门槛后面总是露出她那只肮脏的小鸭和一只白色小狗的脑袋。无论什么时候去，那家人都用茶招待他。卜美丽的朋友和邻居都成了托马斯聊天的对象，比如车夫的老婆、卖菜的、打更的，无论是谁，只要他们有空。卜美丽是个非常爱说话的孩子，运煤的伙计来了，借停下卸煤的空档，美丽就去跟拉煤的骆驼说说话，要不就对自己的丑小鸭嘀咕几句。她是个生存能力极强的女孩儿。那时她只有四五岁，却能把人际关系都处理得很妥当。

在托马斯的工作室，卜美丽成了当仁不让的主角。她完全不需要启发，一个人就能把整个工作室的气氛掌控下来。她还带自己的小女友、小男友来当模特。《美丽》一书中的三宇就是她的好朋友，他是一位人力车夫的儿子。每当他们疲惫或不知所措的时候，美丽就会给他们打气，出主意。

魅力四射的卜美丽，就这样把托马斯的许多朋友从故事中"挤"了出去。她圆圆的脸庞，如她的名字一样，美丽可爱。托马斯知道书中的主角非她莫属。他是这样评价这个小女孩的："女皇怕是都不及她坚定。除了成为一本儿童书中的女主角，她必将成就一番事业。"1948 年海伦最后一次到北京的时候，卜美丽已经是个中学生了。海伦给朋友的信中提到学校的老师说美丽是个极有领导天分的女孩子。海伦希望她以后是个好的领导者，而不是个独裁者。

可托马斯花了很长时间都找不到一个满意的"母亲"角色。终于有一天他的伙计领来一位刚从乡下进京找活干的妇女，她的形象非常合适。她最终成了我们在书中看到的那位

❶ 狗和鸭子

❷ 美丽和她的小狗

❸ 母女俩

❹ 老道士

❺ 画笔下的老道士

慈祥可亲的母亲。可这位羞涩的乡下女人别说当模特了，就连洋人也不曾见过几个。多亏了卜美丽安抚她、启发她，告诉她该怎么坐，如何摆姿势。这样她才开始放松，找到了在家的感觉。

书中出现在桥下的老道士是托马斯偶然在一个城门前遇到的。此人留着长长的胡子，鼻梁上架着一副大眼镜，穿着一件被子般厚的长袍，黑帽子上还镶了一个大玻璃珠——仿佛刚从中国远古的画卷上走下来。他两眼茫然地望着天空，挥挥手中的拂尘，有如远离尘世的仙人。托马斯认为这形象再合适不过了，可这位"超俗的仙人"拿着托马斯给的地址却找不着门。直到次日他才找到托马斯的住处，"回到人间"来赴约，而且完全不按约定的时间。不过能让一个外国人为自己画像，这让"仙人"高兴得像个孩子。

美国第 26 届总统罗斯福的长子西奥多·罗斯福上校（Colonel Theodore Roosevelt），看过《美丽》后激动不已。他当时是美国运通公司的董事长，就借用这本儿童画书在美国国内做宣传，以救济中国儿童。

任何艺术作品都会留有创造者的"影子"。托马斯将他的爱，他赤子般的童心，留在了《美丽》书中的每一个人物身上。他把对孩子们和贫困劳动者的情感都倾注在每一笔、每一画里了。

American Library Association
SECTION FOR LIBRARY WORK WITH CHILDREN

GLADYS ENGLISH, CHAIRMAN
PUBLIC LIBRARY, LOS ANGELES
CALIFORNIA

LESLEY NEWTON, VICE-CHAIRMAN
PUBLIC LIBRARY, LAKEWOOD, OHIO

IRENE SMITH, SECRETARY
PUBLIC LIBRARY, BROOKLYN,
NEW YORK

ALICE BRUNAT, TREASURER
PUBLIC LIBRARY, MINNEAPOLIS,
MINNESOTA

May 5, 1939

Mr. Thomas Handforth,
604 Lindsay Road,
Wilmington, Delaware.

Dear Mr. Handforth:

Now that all the shouting and celebrations are over,
I have to get down to business, since accepting a medal isn't
such a simple thing as it sounds.

Would you prepare an acceptance speech which may be
printed afterwards in the Horn Book? Since you are to talk
nearly an hour early in the afternoon, I should think that
you could limit your acceptance of the medal to 15 or 20
minutes, though if you would like half an hour, that will be
entirely satisfactory. The acceptance speech will be printed
in the Horn Book and also your talk "Personal Progress Toward
the Orient". So will you please have typed copies to give me
after the meeting? I hope that you won't have to read it and
you will not have to follow it if you do not want to, but we
have to have a record, so if you will write something, you may
talk about whatever you want to.

After the meeting on Tuesday afternoon, there will be
a radio broadcast by you and the Newbery medalist, introduced
by Mr. Melcher. Will you prepare a radio talk of six minutes?
We allow 150 words for a minute. If it is possible, we would
like to have four copies of this about June 1st, but if it is
not convenient for you to have it typed, I will be glad to have
it copied here in my office. The broadcast, like the acceptance
speech, does not have to be followed word for word, but the
N.B.C. requires a script before them.

I am terribly pleased that the awards have worked out
as they have and I hope that you won't find all these details
too bothersome.

Oh, there is still another thing. Mr. Melcher will
call on you Tuesday evening at the banquet but it will not be
necessary for you to say much then if you do not want to.

Sincerely yours,

Gladys English

GE:GG
Gladys English

演讲邀请函

我们不妨先来读读托马斯在接受 1939 年美国第二届凯迪克儿童图书奖时的演讲稿。

不知道你们当中是否有人留意过，若有几个曾在北京生活过的人聚到一起，会是什么样子？

他们可能是游客，也可能是"中国通"；可能是美国传教士，也可能是烟草商人；可能是年轻的学生，也可能是老迈的汉学家；还有可能是环球旅行家、侨民、白俄罗斯人、流浪者或是来自欧洲的外交官。他们可能是老朋友，因为私事或是公务活动而聚在一起；也可能只是在街角偶然相遇的陌生人。

他们一旦相聚，就会变得异常兴奋，开始谈论让外人感到十分费解而他们彼此却都关注的同一个话题。他们甚至会握住对方的手，传递一份特殊的、意味深长的情感，仿佛他们是来自一个秘密的同乡会，是亲兄弟。如果你恰巧是他们的朋友，正赶上这样的相遇，而又没有到过北京，那么这样的交谈你是插不进嘴的。出于怜悯，他们或许会看你一眼，但那眼神仿佛在说："真可怜！"你确实很难理解几个人第一次见面怎么可能就有这么多、这么感兴趣的话题。假如朋友不想冷落你，希望你也加入他们的交谈，但他们一定会担心那些话题对你来说太难理解。这情形确实让人感到无奈、无助。就像是一个青少年，从书上阅读那种他从来没有体会过的感观上的愉悦，可这对现实毫无帮助。其实这些"北京迷"们想告诉你，他们曾生活在另一个不同的世界，那种情感是无法用语言去表达的。对北京的思念和那份激情只能与有过同样经历的人去分享。在这种场合下，如果有被拒之门外的感觉，真是很无奈。

假如你有幸听过这类团体的报告会，那些绘声绘色的演讲一定会使你吃惊。他们竟然会讨论曾在前门见过的骆驼，尤其是它那张奇特的脸；他们会仔细描绘东四北路商场只有在新年才会挂出来的昆虫形状的灯笼，还有道观里老道士那长长的胡须、护城河上的雪橇、一分钱一串的糖葫芦、满街跑的黄包车，等等。这些看来琐碎，但的确都是非常重要的话题，如同纽带将来自世界各地的兄弟连接在一起。而所有这些话题都是那位名叫美丽的小女孩儿喋喋不休唠叨过的。他们每个人身上都有一个"美丽"。当他们在一起的时候，就会把自身的"美丽"释放出来。如果你有兴趣，他们会像主人一样热情地向你介绍这座城市，恨不得即刻送你上船，到北京去亲眼看看。

绘本《美丽》记录了典型的北京人情趣和他们的喜好——尽管这个记录并不全面,不完整,但它却是真实的、鲜活的。在北京的时候，外国社团曾为我举办了一天画展，那时候我还没有将《美丽》的画稿寄给出版商。我不仅展出了《美丽》书中的每一页插图，还展出了我最初的素描画稿、草图和学习笔记。这个画展使一个艺术家梦想成真。仅仅一个下午的时间，所有的素描——甚至只有几条线的画纸——都被抢购一空。对我来说这是一个刻骨铭心的记忆，简直像一场抢夺，我完全招架不住了。后来我发现有些画稿竟然被卖了三次。

我不是在吹嘘发生这样的奇迹是因为那些画稿有多高的艺术造诣。买画的人不是艺术收藏家，更不是有收集画家原稿嗜好的人。那些画稿对他们来说是一份珍贵的记录，记录了他们人生中曾经出现的某一个时刻，而那个时刻承载着他们对北京这座城市和这里的人们一份深切的情感。哪怕你对北京有过一点儿感情，这些北京迷都会视你为知己，将你纳入为他们的"社团"并成为终身会员。

在这里，不仅是我一个人要感谢梅尔彻先生（Mr. Melcher）颁发了这枚凯迪克奖章，而是所有了解和热爱北京的人都感激您。我们还要感谢评审团的所有成员，感谢各个图书馆对《美丽》这本书的肯定和为它投出的赞成票。你们的认可，说明《美丽》也在和你们对话，说明《美丽》使我们产生共鸣。

我一个人拿着这枚奖章，觉得有点儿像一只猫独吞了一只金丝雀。我会满怀幸福和温暖，无比欣慰地离开这个奖台。是你们给了我这样一个不寻常的时刻，同时又让我这样一个可怜的、笨口拙舌的画家暴露出最无能的一面。尽管我沉浸在幸福之中，但是将凯迪克奖章所有的光环和荣耀都归于我个人是明显不公正的。

　　首先，如果不是因为道布尔迪多伦公司①的莱斯泽·玛格丽特小姐（Ms. Margaret Lesser）的协助，是根本不会有这本书的。我最初只是有个想法，希望将中国北方给我留下的各种印象汇集起来做一本画集，而莱斯泽小姐建议我出一本儿童图画书。看上去她只是从我这儿拿去稿子，然后轻轻松松如魔术一般从一个袖子里变出一缸金鱼。事实上她所付出的远远不像魔术师的手轻轻一抽那么简单，而是需要具备许多我们看不见的专业技能和耐心。莱斯泽小姐极具一种天赋，就是与艺术家沟通交流的天赋。这是一个细致而漫长的交流过程——对艺术创作者得时而哄着，时而鼓励，必要的时候还得讨好他们。如果作者或其他人出了错，或者发生出乎意料的事导致出版延误，她就会去鼓励作者坚定信心，告诉他真正的优势在哪儿，提醒他最终的创作目标是什么。

———————————————
① 美国的一家出版发行公司，成立于 1897 年。

最可贵的一点是她精益求精，再好的书她也总能找出不完美的地方。看到她这样严谨的态度，谁还敢怠慢呢？

对莱斯泽小姐来说，出版《美丽》尤其困难，因为那时候我在地球的另一边。我在享受所有绘画中的乐趣，而她在面对所有有关出版的问题。我不时地写信告诉她，我又改变了书的主题和创意。她总是礼貌得体地回复我，并总说我最后那个主意是最好的。在不断拖延之后，绘画和文字终于在卢沟桥事件爆发几天以后从北京寄出了。接着我到了印度，再也没有精力去顾及那些画稿的命运。其实有太多令人担心的事——我的画稿甚至在途中走了四个半月。在混乱的时局中，任何一个环节都有可能将它们毁掉：在日本对天津的轰炸中就有可能被炸没了；也许邮递员在递送成千上万的信件时不小心弄丢了；或者被北京邮政局扔进火里烧了——因为当时那里的邮件堆积如山，根本无法递送出去，必须得被处理掉。然而幸运的是，它们最终到达了出版商的手中。

当我在印度东游西荡、苦中作乐的时候，没有人知道我具体在哪儿，所有的责任和压力都落在莱斯泽小姐和她的助理肩上，还包括雕刻制版和负责印刷的工作人员。他们要决定书的格式，用什么样的纸，如何准确不走样地再现所有的绘画，还有上千个与出版有关的细节。

就像是当年美丽被托付给别人那样，我将自己的作品托付给了出版商。

感谢所有参与制作的人，这本书成功了。这成功既非必然，也非偶然。它是很多人付出心血和艰辛努力的结果，是精益求精的态度和精湛工艺的结合。虽然莱斯泽小姐总能挑出她还不甚满意的地方，正如她对待每一本出自她手中的儿童书那样，但我认为原绘画的最佳效果已体现出来了。设想在制作中哪怕有一点点的差错，效果就会截然不同。

在感谢出版商、雕刻制版和印刷人员的同时，我们更要感谢小姑娘美丽，因为她，才有了这本书。现实生活中的她是这样一个小姑娘——一旦决定了，她就会认真去做。在一个半月的时间里，她像着了迷似的坐在我的画室里当模特，还邀请自己的小伙伴们一同来帮忙。当我努力地画素描和草图的时候，她弄不明白这是在做什么、为了谁。对我们这些挚爱北京的人来说，那些孩子是美丽的使者，是我们的信息传递者。来吧，和我们一起去爱北京吧。

诚然，她成功地完成了自己的使命。

1939 年 6 月 20 号于美国加州洛杉矶

读者来信

在塔科马市图书馆，我看到一封信，上面写着：

亲爱的马克：

我很喜欢美丽。请你在下一个故事里把她写成真正的公主。

帕特

这封信寄自英国，时间大概在 1939 年。信封的背面写着"我 8 岁了"。

这封信后来辗转到达托马斯手中。获奖后，托马斯有过好几次演讲。在波士顿的一次演讲中，他提到了小姑娘帕特的信。在我看过的演讲稿中，这次演讲最能说明他创作《美丽》的初衷，是他对《美丽》最好的"注解"，也格外感人。

ROSETREES,
PORTINSCALE,
KESWICK.
KESWICK 62.

DEAR Mike
I LOVE MEI LI.
PLEASE MAKE
HER iNTDA REAL.
PRINCESS IN YOUR
NEXT STORY.
PAT

小女孩的信

所以我将主要的内容翻译了出来。

我毫不怀疑，小姑娘帕特对美丽——这个未来的小公主已经有了自己的想象，并编织出了她心中的故事。无论出自她真实的经历，还是她的幻想，这个故事的主要内容肯定是与她自己有关。如果帕特能自己写出来一个故事，一定不是为了让妈妈、哥哥，或者小伙伴的满意。假设她的故事真博得了他们的欢心，恐怕帕特自己也不会满意。一个8岁的孩子会更关注她自己，而不是其他的人。她的直觉更真实。与成年人相比，她对现实生活的表达会更直接。成年人往往受到世俗观念的影响，会在意别人的想法。

绘本像其他种类的书一样，都是因为种种不同的原因而出版。对于这一点你们比我知道得更多。这里允许我冒昧地说，在多数情况下，出版商认为他们在经营一种产品，他们面对的是大规模的消费群体，而不是特定的个体。绘本面对的群体是所有在校的孩子，理念是基于无数妈妈、爸爸、老师、图书馆员的观点和看法，由他们来认定那些小家伙们喜欢什么——尽管他们可能并不喜欢。

正是由于这种无特定目标，或者说没有"个人"目标的存在，对艺术家或者作者来说，就不可能在创造图画书的时候，以特定的个体或某位读者为基础，同时在创造中营造出想象空间，使得每个读者都满意。小姑娘帕特和马克老师的信中对作者的要求，正是出于他们的一种本能、一种感动，在想象中力求完善他们的意愿。

因此，当艺术家和作者心里以一个特定的孩子，或者特定的一个群体为目标时，他们的创作才能接近读者，才能在帕特和马克心中引起共鸣。

托马斯借此对当时美国的图画书出版业提出了婉转的批评。而我更在意的是知道了他的艺术创作理念，了解到了他在强调什么，因为一件艺术作品的品格，就是艺术创作者自身的品格。

接着托马斯说：

在这里我必须坦白，无论是创作《美丽》，还是《遥远的草甸子》（1939年出版），都是源于我心里的一个故事，是为了满足我自己。

北京对我有太多的意义，在那里我生活了6年。假如我是个小孩儿，就生活在那个时代的北京，毫无疑问我会更快乐。《美丽》中有我，因为我曾生活在这个故事里。我希望这本书成为一个真实的记录，或者说至少有一小部分的记录是属于我的，这样我可以像孩子一样去享受同样的快乐。希望我的一些少年读者能理解这其中的意义。

对小姑娘帕特来说，她心里已经有一个仙女般的公主，比起活生生的美丽，前者的存在感在她的意识中更强，尽管我画的每一幅美丽，以及书中其他的孩子，都是真实的人物图像。我的一个年轻粉丝曾说书中的画"就像是照片"，他对现实的感觉比帕特强。

事实上，每个人的想象和感觉毕竟是不一样的，或许孩子们的直觉比大人来得更快。

一座陌生的异国城市，一个文化和习俗跟西方读者都有很大差异的中国小姑娘，何以就打动了他们呢？我相信，那亲切感源于人们"生活在这个故事中"。托马斯的每一条线、每一个点，都蘸满了对京城的喜爱，对美丽和所有人物的喜爱。以至于远离那个时代的我们，今天看到《美丽》仍然会心动。这本儿童读物，留下了托马斯赤子般的天真，还有他心里那片净土。

逃离京城

　　1935 年，北京城内传出美国领事馆要在两年内迁到南京
的消息。自 1927 年国民政府在南京成立以来，许多与中国建
交的国家都逐渐将大使馆或公使馆从北京迁到那里。托马斯
在家信里流露出他的担忧："京城将会降级为省级城市，这
意味着'现代'生活将就此消失。日本人会进来，所有往日
的浪漫生活将会被他们清理一空，如打扫房间一样……人只
能跟着命运的安排走……冬天是一个休耕的季节，我什么也
没干成，幸亏它短暂。春天的温暖和茂盛的花木即将到来……
至少，在我们活着的时候，如此美好的景色不会有太大的变化，
否则如何能忍受生活中失去她呢？即便是滑冰的时候，落入
眼中的还是故宫黄色的琉璃瓦顶,河的另一边有古老的松树,
它们依旧在那里。"（1935 年 3 月 7 日信）

　　从这段文字里，可以看到他的哀伤与眷恋。京城的一草

一木、一砖一瓦，其实早已扎根在托马斯心里。这座城市如此奇妙，令他住得开心。因为这段话，我特意去了一趟后海。我看到的却是铺天盖地的酒吧、商店，还有拥挤的人群。托马斯心中旧日的景致早已消失，尽管那山、那水、那古树还在。

甘雨胡同 14 号对托马斯而言是永远的家，那份眷恋从来没有消失过。这里是除了塔科马市，第一个被他称为"家"的地方。如果不是因为卢沟桥事变爆发，他是不会离开北京的。

1937 年 7 月 7 日，中日全面开战，北京不再是个安全的城市了。在家信中，托马斯大段大段地描述了当时的情景：

自 1937 年 7 月 8 日起，日军就在全城施行戒严。士兵驻守在城门外，去往天津的交通线和对外通讯几乎全部瘫痪。几千名日本军人自天津和山海关到达北京城外的各座火车站。正在京城度假的西方游客们被这突然的事变搅乱了行程计划，怒不可遏。城内时常听到枪响。27 日京城内响起防空警报，各国领事馆都发出了警告。日本、韩国的侨民纷纷涌进各自的领事馆，其他国家的人也逃离到相对安全的地方。

邻居都跑了。晚上根本无法入睡，日本飞机在房顶上飞过。我还亲眼看见一架中国的飞机将日本敌机击落。我用隔壁的电话接通了美国使馆，一位秘书劝我带上所有的食物住进使馆。电话还没挂，近处就传来机关枪扫射的声音。我觉得还是待在自家的院墙内更安全，当时我还有足够维持三天的食物。

美国大使的夫人约翰逊太太打包了所有的行李，她再也不准备回来了。大使和所有的政界要人此时都待在南京。除了政府电台外，没有任何信息来源。美国领馆前搭满了帐篷，军队和侨民都跑来安营扎寨。有钱的中国人肯出天价，只求住进美国领事馆内。有个人给出月租1000美金的价格，仅为得到领事馆内的一个床位。各国领馆的门前都堆上了沙袋，大门由各自的卫队守护着，没有人可以随便进出，中国百姓更是无法进入。

所有的商店都遭到了抢劫，街道上到处是沙袋和连夜挖出来的堑壕。京城外的枪声来自四面八方，几千名逃难者涌向城门，他们多数是妇女和儿童。通州方面的反日武装与日军交战，他们试图打开城门，结果失败。几千名中国士兵和学生伤亡的消息从南苑传出。道路被一堆堆死马及毁坏的卡车堵塞，农舍被炸毁，到处是残片碎瓦，受伤的百姓躺在田地里等死——红十字已经完全失去了抢救功能。距城20公里之遥的清华大学被废弃，日军已进驻那里但没有实施抢劫。中国军队四处逃散，城市的官员被全部更换。报社的编辑被抓，学校的教授和讲师因"共产主义倾向"被逮捕——他们的行为其实是爱国的。

所有这一切，导致我做出了自己都为之震惊的、无法预测的决定：要再次开始流浪。只要交通恢复了，我就去上海。

7月11日，托马斯在信中还表示犹豫："这或许是我该彻底离开中国的时候了，可是我心里实在缺乏这样的动力。"

8月25日，托马斯最终离开了北京，到了日本。他在给嫂子的信中说："计划是从天津直接到香港，然后去印度，但是所有的轮船不是改了时间，就是被取消了……我在北京的房客已经有点恐慌了，可能随时会离开，但是还有一个朋友可能会去租的……北京到天津的火车速度比平时慢了四五倍，满载军人的列车不断地自满洲国开进京城。"（1937年9月11日信）托马斯离开的时候，只带了很少的衣物和画画用的工具。他与美国领事夫人一同从天津乘小船到了日本。

在日本他看到的情景与中国有很大的反差，他感慨道："每个人都被卷入这场战争。当人们在看一卷卷的战争电影胶片时，我们正见证着最真实的北京战乱。战争的狂热分子选择利用那些虚构的影片来激起国民更强烈的战争情绪。这里与中国太不同了，大多数的人显示出来的是冷漠、麻木——

至少表面上看是这样。"（1937 年 9 月 11 日信）

在此前一年，托马斯曾接受美国记者采访。我想，他的看法代表了相当一部分当时在京的外国人。他认为："西方人研究了中国的各个方面，包括历史、资源、思维方法以及她的古代文明和发展趋势后，却不明白为什么在每个有争执的问题上中国都输给了日本。社会的混乱是一个原因，虽然国家有巨大的潜力，但却缺乏一个可以凝聚力量的中心。中国人的族群和地域意识似乎超过了国家和民族的意识。他们似乎缺乏建立一个稳固、团结、坚强的政府的能力。住在中国的西方人认为中国具有巨大的潜力和光辉的发展前景，但缺乏一个英明的领导和一个共同目标。"

托马斯的看法印证了梁漱溟先生在《西人所长吾人所短》中所说的"中国人，于身家而外漠不关心，素来缺乏于此。特别是国家观念之薄弱，使外国人惊奇。……其实这种不同绝不是天生地从血里带来，亦不是学说或教育（狭义）之结果，而是社会构造不同，生活环境有异，从而形成之情操习惯自不免两样耳"。

东西碰撞

托马斯在印度住了很长时间，直到 1938 年 11 月才回到美国。托马斯写于这段时间的家信保留下来的很少，其中一个重要原因是他在印度寄出的信都被弄丢了。他和几个朋友在印度前不着村后不着店的山林里搭了几个帐篷，一待就是个把月。寄回家的信都交给跑腿的印度小伙计，由他们送到邮局。可是那些小伙计把信上的邮票都撕下来换成了东西或是钱。等他找到收不到回信的原因后，他索性就不写了。

刚回国时的托马斯是不愉快的。他的朋友卡罗琳认为："托马斯离开的时间太长了。在北京生活的这些年，他和周围的人一样，都处于悠闲状态，生活节奏比在美国时慢。因此他跟不上拍子，找不到以往的和谐状态。像是曲子断奏的时间太长，跟不上主旋律，踩不到点上，要拐回来不那么容易。"

她还说，托马斯脱离西方潮流太久。

对这种看法我不完全同意，或者说至少不全面。但是至少可以看出来，回国后的托马斯有了一些变化。他甚至坦言，回国后需要时间"学习感受自己的祖国"。其实他才离开了7年，距他上次回国也不过一年的时间。

我认为托马斯离开京城后有一种失落感，这种感觉影响了他。卡罗琳从没在北京生活过，她不理解托马斯的心理，很多对京城一无所知的朋友更不理解。托马斯8月底离开北京，9月初到日本。才过去半个月的时间，他就说："我很难过，不知道今后还能不能再见到那些好朋友。我想家了，现在就想回去了！"（1937年9月11日信）在我看过的他所有的信中，这是他第一次流露出如此强烈的情绪。从凯迪克奖的获奖感言中，我们也很容易就感受到他对北京执着的感情。

另外，我认为中美"节奏"的差异不是主要原因，托马斯向来就很随性，从不是"潮流"的追随者。

在托马斯34岁以前，我们可以说他的生活一直处在"漂泊"状态，但至少他心里是甘之如饴的。他在寻找可以使他产生艺术创作灵感的地方，一个集天时、地利、人和于一体的地方。北京就是那个地方，是他称之为"家"的地方。

被迫离开京城，离开家，是他人生中的一次特殊的体验。这位我行我素的艺术家以往离开任何一个地方，都不曾有过这般不舍，这种失落。他对京城怀有一种深刻又特殊的情感，这种情感在他离开后被放大了，成为跟上祖国"节奏"的一个障碍。这或许可以解释为什么托马斯回国后再也没有创作任何版画。此外，因为京城一场大火的影响，他把1932年在英国订购的一台蚀刻压力机藏在了甘雨胡同14号的暗道里。这台压力机的下落成了永远的谜，这可能是导致他与版画告别的一个偶然变故吧。

回国后的另一个改变，是托马斯不再喜欢画肖像了。本来这是他得心应手的一项工作，也是最能直接给他带来经济收入的方式。可是每当面对坐在那里的人，他就不自然。他对被画者的任何反应都格外敏感，心怀警惕。他的性格中本来就有很腼腆的一面，现在好像变得更严重了。卡罗琳说："只有面对孩子和动物，他才能全身心地放松，无论是素描还是绘画都变得非常流畅。"

托马斯决定在洛杉矶安家。他迫切需要一个家。离开北京后他心中的那种安然自得的平静好像也跟着失去了。从他给朋友的信中可以看出，在那里找房子是一段不愉快的经历，他无奈和压抑的情绪跃然纸上："……我在洛杉矶的中心到底能不能找到一个'神秘的城堡'？每一天都在悬念中度过，满脑子都是房子。假如哪天我真成了一个'城堡'的主人，你永远不必再猜测我的通信地址。我会生活在一堆钢筋混凝土中，根本无法解脱。想象吧，在水泥地上，有一座楼房，还有一个所谓的车库，可是汽车出不来也进不去。那地方只能放两台压力机，一个做蚀刻画，一个做版画，也许唯有它们才能使我解脱。"看到这封信，我不由想到他刚到京城时恰逢阴雨连绵不断，每天都得趟过泥泞的街道，他却怡然自得地将泥浆形容成"溶化的巧克力"。如今结实的钢筋水泥建筑和干净的街道反倒让他窒息，可见这是多不一样的心境啊。

1947年，托马斯为美国童书作家玛格丽·埃文登（Margery Evernden）的绘本《瓷鱼的秘密》（*Secret of the Porcelain Fish*）创作插图。美国植物学家艾伯特·威尔逊（Albert Wilson）目睹了托马斯作画的全过程。他回忆说托马斯非常享受这个过程，那些日子他过得很快乐，尽管有时候他很难进入工作状态。对于自己要做什么、该做什么，他从来没有过迟疑。但是有时候他会处于很深的忧虑中，大概有什么原因使他困惑于怎样开始，从哪里入手。与托马斯相处的日子很温馨，他是极具灵性的聪慧之人。

《瓷鱼的秘密》讲述的是一个中国故事。有个孤儿在一家瓷器坊当学徒，他发现师傅有个制作瓷碗的诀窍——只要将水倒在碗里，就可以看见鱼在碗里游动。玛格丽出版过很多儿童图书，却只有这本《瓷鱼的秘密》获得过纽约先驱论坛春季书展荣誉奖。然而，托马斯对此书出版后的效果非常失望、不满，因为版面尺寸比原设计的小了很多，影响了整体的感觉。

艾伯特说："我永远不能忘记他一张接一张画画的情景。他的构图十分严谨，微末之处均经过再三思考，虚实之中都透露出东方艺术的精神。托马斯让我看到了一本书的插图是怎么完成的，故事的内容怎样通过艺术家的解读变成图画、完成再创作的过程。自草图到完稿，他要花上几个月的时间，尤其是在布局设计、空间处理、留白位置上，他一再力求精确。托马斯喜欢为儿童图书画插图。为了能给孩子们创作真正好的读物，他有极大的耐心。"

艾伯特提到的"留白"是托马斯非常在意的一个创作理念。傅雷先生说："……虚实问题对中国画也比对西洋画重要，因中国画的'虚'是留白，西洋画的'虚'仍然是色彩，留白当然比填色更难。"在《美丽》的创作中，"留白"从故事的第一页就开始了。在 23 厘米 × 30 厘米的页面上，只有半边椅子和母女，人物显得格外生动。托马斯刻意的设计产生了特别的气氛。他要牵引读者的心神，留给读者足够的想象空间。

早在去北京之前，托马斯就从舞台戏剧《黄马褂》中意识到"虚实"的重要性以及留给观众想象空间的必要性。

在北京生活的几年中，他对"留白"的理解无疑更加深了。当然这只是东方艺术创作的理念之一，更重要的恐怕还是艾伯特提到的："托马斯教给我最重要的一点，是如何以艺术家的眼光去看这个世界。他开阔了我的视野，启发我用中国文学家、戏曲家李笠翁在戏曲《意中缘》中所说的'已观山上画，再看画中山'的方式，去理解什么是艺术家的角度。"艾伯特感慨道，托马斯对艺术的理解没有框框，更不教条。对于任何风格的绘画，他都会以尊重的态度去发表意见，而且总有独特的见解。他最在意的是艺术家是不是真诚地去创作。

1939年，托马斯又出版了一本儿童图书《遥远的草甸子》。这本书是根据他在印度生活期间获得的灵感而创作的，但是没有获得《美丽》那么大的反响。他一生创作出版的儿童图书就是这两本。据说后来还有一本《见证树》，可惜还没定稿他就去世了。《美丽》是他绘本创作的巅峰。

1944 年，托马斯为美国教育家、儿童作家迪莉娅·戈茨（Delia Goetz）的《龙与鹰——美国看中国》（*The Dragon and the Eagle – America looks at China*）一书画插图。这是一本关于中美关系的书，我在塔科马市的图书馆看到了插图的草稿。这是首部以《龙与鹰》为书名论述中美关系的书，后来陆续出版过几本有同样书名的书，但是副标题都不同。

《号角》杂志在 2012 年的网络文章《向流浪艺术家致敬》（*Tribute to an Artist-Wanderer*）一文中说，在这本书中，"（托马斯）愉快地以更加幽默的方式回忆和表达了他对中国的感情"。

除了《遥远的草甸子》，托马斯回国后所有的创作都与中国有关。往日的京城生活始终浸透在托马斯的生命和故事里。

赤子之心

　　1942 年 10 月，在美国正式参与第二次世界大战的次年，托马斯再次入伍，时隔 24 年又踏上了战场。前面提到的植物学家艾伯特当时与托马斯同在一个部队。他留下了一段很有意思的记录，可以让我们了解那个时候的托马斯。

　　艾伯特回忆说，进入军营的第三天，在同一张桌旁，我发现了托马斯。他清晰的眼神和特有的凝视习惯，让我觉得他不像是一个普通的士兵。这种感觉后来变得更加强烈，尤其是当他注意到一个黑人窝棚时说："住在那里的人不是没有能力和本事，关键取决于我们怎么帮助他们。"很显然他对人的同情是没有国界和肤色之分的。当他看见一个中国士兵时评论："这是个很安静的士兵。"

　　从他的语气中我有一种感觉，他了解中国人。我问他是否去过他们的国家，还请他告诉我中国的花园是什么样子的。

于是他向我详细地描述了花园的颜色、形状和整体风格。一切竟是那么美。他还告诉我在中国人的理念中家庭意味着什么。显然他的记忆中除了栩栩如生的形象，还有很深的情怀。

"不当兵的时候你都做些什么呢？"这是他一再被问到的问题。但无论是当时还是后来的几个星期，他都只字不提。

当我们到达杰弗逊营地后，他和我被分配在同一个小屋里。几个星期后，岁数大的人都纷纷被派到医院工作，其中也包括托马斯。我例外地被留在军营里。有一天我拿着自己的签名本子去拜访他，请他签个字。一天后，他将签名本子还给了我。在某页纸上他画满了同屋的伙伴，模样都很滑稽，他的名字则横跨在纸上。

当时我把它拿到军营，展示给其他人看，在灯光下我们花了很长一段时间去研究它。

"谁想到这家伙会做这样的事情！"有人喊了一声。

"他究竟是干什么的，你们猜得到吗？他一定是在杂志社工作。"

"哦，不会的。"另一个人说，"他们不会要这种东西，因为它的效果不大，没那么大的反响。"

"哦，我不知道。"旁边的人说，"画上的人看起来都是士兵，别忘了，这是军营。他用这样滑稽的方法开了个玩笑。"

"我来告诉你们吧。"第三个猜测的人说，"我想他是一个艺术家，不露声色而已。"

后来我才知道，这就是托马斯诙谐的创作风格。它总会在经历一段没有创作的日子后喷薄而出。

半年后，也就是1943年4月，托马斯被"荣誉解除兵役"（Honorable Discharge）。这项法律针对的是38岁以上被征入伍的人，托马斯那年已经45岁了。

入伍前，托马斯曾拜访他的好朋友、学者埃德蒙·托尔克（Edmund Tolk）。埃德蒙当时正在管理一所智障儿童学校，托马斯第一次接触到那里的孩子。解除兵役后，他回到智障儿童学校，开始给孩子们讲故事，教他们手工泥塑，画铅笔画和水彩画。孩子们渐渐地成了他的学生，听他讲课、看他画画。那种愉悦的气氛使埃德蒙激动不已，他常常为擦去托马斯在黑板上的画感到惋惜。我相信这时候的托马斯一定是快乐的，在天真的孩子面前他能找到最纯粹的感觉。

正是因为有了托马斯的参与，埃德蒙才得以向人们证实他对智障儿童的判断是有道理的，那些孩子在学绘画时候的反应和正常的孩子基本上一样。每一位来学校参观的人都倍感激动，他们看到了难以争辩的事实，原先的排斥、不信任被事实说服了。

埃德蒙回忆说，那时候正是第二次世界大战期间，他们这样小规模的学校面临很多困难和压力。缺乏粮食配给最让人头疼，他们要花很大的精力解决孩子吃饱饭的问题，而不是画画。托马斯没有把自己当成艺术家，而是一个参与者，帮助他们解决了很多棘手的麻烦。他对孩子们的极大热情给埃德蒙留下了很深的印象。倘若不是托马斯的坚持和努力，埃德蒙承认自己恐怕会坚持不下来。后来托马斯因患上传染病不得不离开学校，埃德蒙因入伍而离开。

埃德蒙一直保留着那些孩子的作品，它们都是经托马斯细心收集整理、编上号码、写上标题、分门别类地放入文件夹，才得以保存下来。1947年托马斯专门去了一趟纽约，他希望通过自己在艺术界的影响，将孩子们的作品放进现代艺术博物馆展出。遗憾的是这个诉求没有受到重视，博物馆只展出正规学校孩子的作品。美国评论家、作家路易斯·贝克特尔（Louise Bechtel）回忆说："一天晚上，托马斯到我在纽约的住所做客，他带来一个大盒子，里面是智障儿童的画。那些画让我们觉得不可思议，尤其是他给我们讲述孩子们是在什么状态下画的之后。遗憾的是（那些画）在他有生之年未能展出。"托马斯去世后，那些画才在朋友的帮助下展出，但是没有如托马斯生前希望的那样引起艺术界和医学界的重视。

1948年2月，美国《艺术新闻》发表了一篇题为《西方和东方：在哪里相遇》(*West and East: where they meet*)的文章。

托马斯写信给朋友说："你可以想象得到我看到这篇文章有多高兴。东方和西方的问题，是我的领域，我应该发挥很重要的作用。当然它仍然是个梦想，期望有这样的一天。"遗憾的是命运没有给托马斯足够的时间和机会。

1948 年 7 月，托马斯最终找到了他的"城堡"。房子位于洛杉矶东北方向的一座山上，被郁郁葱葱的树木包围，远山近林都在他的视野中，他又一次有了创作的冲动。不幸的是，他在那里住了三个月就突然病逝了，年仅 51 岁。

参考文献

傅雷，《傅雷全集》，辽宁教育出版社，2002 年

辜鸿铭，《中国人的精神》，北京理工大学出版社，2010 年

傅雷，《世界美术名作二十讲》，三联书店，1997 年

张鸣，《重说中国近代史》，中国致公出版社，2012 年

梁漱溟，《中国文化的命运——西人所长吾人所短》，中信
出版社，2013 年

叶公平，《鲁迅日记中的两位德国收藏家》2014 年 2 月发表
在《新文学史料》杂志

Thomas Handforth, *The Horn Book Magazine—The Story of "Mei
Li"*(Massachusetts,The Horn Book, 1950 Oct)

Thomas Handforth, *Personal Progress Toward the Orient*
(Massachusetts,The Horn Book,1939 July-August)

Thomas Handforth, *Moon Bridge in Lily Pond* (Massachusetts,The
Horn Book, May-June 1939）

Thomas Handforth,Paper read at meeting of the Section for Work with Children on the occasion of the American Library Association Conference in San Francisco, June 20, 1939.

Julia Boyd, *A Dance with the Dragon—The Vanished World of Peking's Foreign Colony* (London New York I.B. Tauris 2012)

Harold Acton, *Memoirs of an Aesthete* (London, Methuen,1948)

Carolyn Anne Schneider, *The Horn Book Magazine— Thomas Schofield Handforth, Artist, Illustrator, Author* (Massachusetts,The Horn Book, 1950 Oct)

Louise Seaman Bechtel, *The Horn Book Magazine—Tribute to an Artist—*

Wanderer (Massachusetts,The Horn Book, 1950 Oct)

部分资料及图片来自塔科马市图书馆和塔科马市艺术博物馆

后 记

　　这本书不是托马斯的传记，只能说是与他有关的故事。我选择的材料侧重于他人生经历中与中国有关的内容，目的是希望读者在欣赏《美丽》的同时，了解这位画家，了解那段特殊的历史时期，了解那些曾经对京城和百姓怀有深厚情感的外国人。在传播中国文化的历史上，他们也曾留下了一笔。

　　在写作过程中，我力图通过零碎的历史资料、照片和作品走近他，感受他，希望那些遥远的、我从未体验过的经历，能在我心里引起共鸣，能使我跟上他的脚步。这是一个很有意思的学习过程，因为我时有困惑。

　　比如，他初到日本，为什么会感觉"没有意思"？日本不是他自幼向往的"东方"的一个国家吗？他最早接触的东方艺术作品就是著名浮世绘画家葛饰北斋的画！日本就是他的心灵故乡啊！

　　可当我试图以常理和世俗的眼光去理解他、接近他时，却找不到他了。被世人赞誉为美的东西，如果没有新颖的视角、没有独特的体验，那种"美"也就无味了。托马斯眼中的美不能被雕琢，不能因袭守旧。他的心灵仿佛固结在童稚时代，就如他自幼对艺术纯朴、自然的追求，从来没有变过一样。当然他的心灵不是停滞的，更没有被封闭。正如他回到美国以后说："在东方生活的几年，我的艺术追求理念没有增加任何新的元素。但是我发现了让我喜欢的主题，同时我更深刻地理解了东方伟大艺术背后的精神，这种精神最能表达我的感觉。"

再有，他回国后情绪低落的原因或许有很多，但是我始终觉得"感受自己的祖国"是他的托辞，是他心中的执着使他困惑。在北京，他仿佛生活在一个"美丽的国度"，享受一种翱翔在其中的自由。或许是这份感情太深，太执着，当他失去这个"国度"的时候，那种寄托、自由就都失去了，所有的节奏也就乱了，甚至钢筋水泥都会使他"窒息"。

托马斯一生未娶，却朋友遍天下。朋友回忆他时，总会提到他的善良纯朴，他的好奇心、想象力。因为他用孩子般天真单纯的心态来对待朋友，衡量世俗琐事，甚至发牢骚。

有位评论家说："上天给了我们一位天才，却让他轻轻地触摸了一下艺术就走了……"如果说这位天才也只是轻轻地"触摸"了一下北京，就让我们也记住他这轻轻的"触摸"吧！

养条小狗儿好看家，

养个猪仔儿好换纱，

养只花猫逮耗子儿，

养你这闺女能干啥？

美 丽

在中国北方的长城边上，有一座被城墙环绕的城市。在离这座城市不远的地方，有一个被大雪覆盖的村庄，里面有一栋院墙围着的房子。除夕的早晨，屋里的每个人都忙个不停。有个小姑娘名叫美丽。她头顶上扎着蜡烛头似的小辫子，正忙着打扫卫生。她妈妈王大娘正忙着煎炒烹炸。她哥哥三宇在打下手，搅搅这个，拌拌那个，再尝尝咸淡。桌子上的美食是为灶王爷准备的。除夕午夜，灶王爷会去每一个中国人的家里，告诉他们来年要做什么。

只有小叔坐在那儿没干活儿。他有说有笑，还不时唱上几句。他讲的都是城里的见闻。他经常牵着骆驼进城卖菜，对那儿的事清清楚楚。

三宇听得高兴，忘了还有活儿要干。妈妈刚才告诉他，可以去城里逛新年庙会。

王大娘也听得很入神，不由自主地停下了手中的活儿。她想着，三宇逛完庙会，可以顺便带些红蜡烛和纸钱回来。

用这些物件迎接灶王爷，他一定会很高兴。

美丽安静地听着，心里却有些不乐意，因为像她这样的小女孩总得待在家里。

"咿呀！咿呀！"她摇晃着头顶上扎的"小蜡烛头儿"，呜咽着："总是让我待在家，结果我成了井底蛙。我得拿着压岁钱，像三宇一样去城里见识见识。"

　　美丽有三文压岁钱，还有三颗弹珠，颜色分别是天空蓝、珊瑚红和翡翠绿。她把这些都揣进棉大衣的口袋里。

　　她跟在三宇身后，一点儿一点儿地蹭到院子里。

她细声细气地给猪和鸭子分别拜了个年：

"恭贺新禧，丑猪婆！"说完，她礼貌地鞠了个躬。

"恭贺新禧，笨鸭公！"说完，她又礼貌地鞠了个躬。

趁人没注意，她飞快地溜出了大门。

出了院门，美丽追上三宇。

"求求你了，三宇，就让我坐你的雪橇吧，我只
到城门口就行。"她对着三宇的耳朵嘟囔着。

"一个女孩儿到庙会能干嘛？"三宇嘲笑她。

"如果你带上我，我就把蓝色的弹珠送给你。"
美丽说。

"女孩儿也能逛庙会，多好啊！这一文钱会带给你好运的。但是记住，一定要在城门关闭之前出来，要不今晚出不了城、回不了家，就拜不成灶王爷了。"李子嘱咐着。

过了桥，有只毛驴等在那儿。三宇、美丽、画眉和阿果都骑上了毛驴。毛驴一溜烟儿就穿过了厚厚的城门。

他们进了城。毛驴沿着宽宽的街道一路小跑。

他们看见有人坐黄包车，有人骑骆驼，还有女人

坐在带玻璃窗的马车里，男人骑在毛茸茸的蒙古马上。其他的男孩儿和女孩儿也像他们一样骑在毛驴上。人们都穿上了最好看的衣服，等待着新年的到来。这欢快的情景正像小叔说的那样。

　　他们来到了广场上，正好赶上午饭时间。城里的孩子们吃着香喷喷的豆腐脑，有的还拿着长长的糖葫芦串儿。

　　美丽也想吃糖果，可她更想放鞭炮。于是，她用第二个铜钱买了爆竹。可她害怕，不敢去点，只好把爆竹给了三宇，然后捂着耳朵跑到一边儿。

　　“嘣！嘣！”爆竹响了。

　　“哈哈！”三宇嘲笑道，“女孩儿胆子就是小，还偏偏来逛庙会，真是瞎耽误工夫！”

　　"好玩的东西多着呢！"美丽争辩着，"你看那边杂技班的女孩儿，她们都能踩高跷、走钢丝，还可以用脚把锅子、盘子扔到天上。我也想试试！"

　　说完，美丽跑到杂技班，找到一个壮实的女孩儿，"嗳，你能用一只手把我头朝下举起来吗？"美丽恳求道，"我想试试。"

这个女孩儿果然将她高高地举了起来。

美丽的平衡感还不赖，就是两腿有点儿抖。

　　"嗬！"三宇又开始讥笑她了，"这点儿把戏谁
都能学会，不过只有男孩儿才能当角儿。"三宇装扮
成一个留长胡子的老先生。另一个男孩儿扮成皇帝，
头上戴的皇冠像极了一盆花。他俩混在庙会的游行队
伍里，一边走着，还一边尖着嗓子唱戏。

　　女孩子不能参加游行，这一点美丽知道。她四处
张望，看看有什么别的可以玩儿。

　　广场的角落里有一只黑熊，它的鼻子上还套了一个铁环。为了让三宇看看自己有多勇敢，美丽要让黑熊表演点什么。

　　她拿了一块豆饼在熊的面前摇晃，头顶上的"小蜡烛头儿"也随着她的身体晃动。黑熊被逗得上蹿下跳，不停地拍打着厚厚的熊掌，哀求美丽给它吃豆饼。

　　"这是受过驯的老熊，走路都颤巍巍的。"三宇嚷道，"看我的，咱来打一头邪恶的野狮子。"

　　"哎呀！"美丽尖叫起来，"那个长耳朵的狮子不是真的，是两个男孩儿戴着面具扮的，连尾巴都是用稻草扎的。小心，别伤着他们。"

　　美丽跑开了，她跑到马戏班，和一些女孩儿去骑小马驹。马戏场里的小马驹又蹦又跳，美丽骑在上面就像跳舞一样，头上的"小蜡烛头儿"也随着上下颤动。

　　她觉得自己像真正的杂技演员一样在表演，突然三宇不见了踪迹。

她急急忙忙跑到街上，在财神桥旁找到了三宇。财神桥下系着一个小铃铛，铃铛下面躺着个满脸皱纹的老道士，嘴里不断地嘟囔着："一枚铜钱儿打响铃铛，明年就会财源滚滚。"

"哎哟，"美丽哭着说，"这是我最后一点压岁钱了。铃铛太小，我肯定打不中的。三宇，你帮我打吧。"说完，她将最后一文铜钱给了三宇。

"叮当"一声，铜钱打中了铃铛。

"嗬，我要发财啰！"三宇大声喊道，"我要带阿果去买风筝。美丽，帮我看着画眉。

"哦，"美丽气呼呼地答应着，"小蜡烛头儿"在头顶上不停地晃悠。

"最后一文铜钱也没有了，现在我该怎么办呢？"
美丽难过地朝附近的小山坡走去。山坡上有棵老松树，
树下有位年轻和蔼的道士，身旁放着算卦的竹签筒。

"帮我算算运气吧，我给你一个红色弹珠。"美
丽央求着，"我哥哥眼瞅着就要发财了，我希望自己
也能有他那样的运气。"

"你将成为王国之主！"道士说着，将手中的拂尘在美丽掷出的竹签上扫了一下，然后收下了那颗红弹珠。

　　美丽高兴地下了山。那根竹签上说她会拥有一个
王国，她相信那是真的。但是她怎么才能拥有一个王
国呢？除非她是公主，但公主怎么可以没有王冠呢？

　　在山脚下，她看到一群打扮得花枝招展的大女孩，
她们也是来逛庙会的。美丽告诉她们自己摇签算卦的

事，于是几个女孩儿帮她用花枝扎了一个"头冠"，还把她最后剩下的翡翠绿弹珠放在上面。

美丽得意地摇动着头顶上的"蜡烛头儿"，大摇大摆地走在街上。这可比在杂技团演出神气多了。走着走着，她来到了一个大玩具店门口。

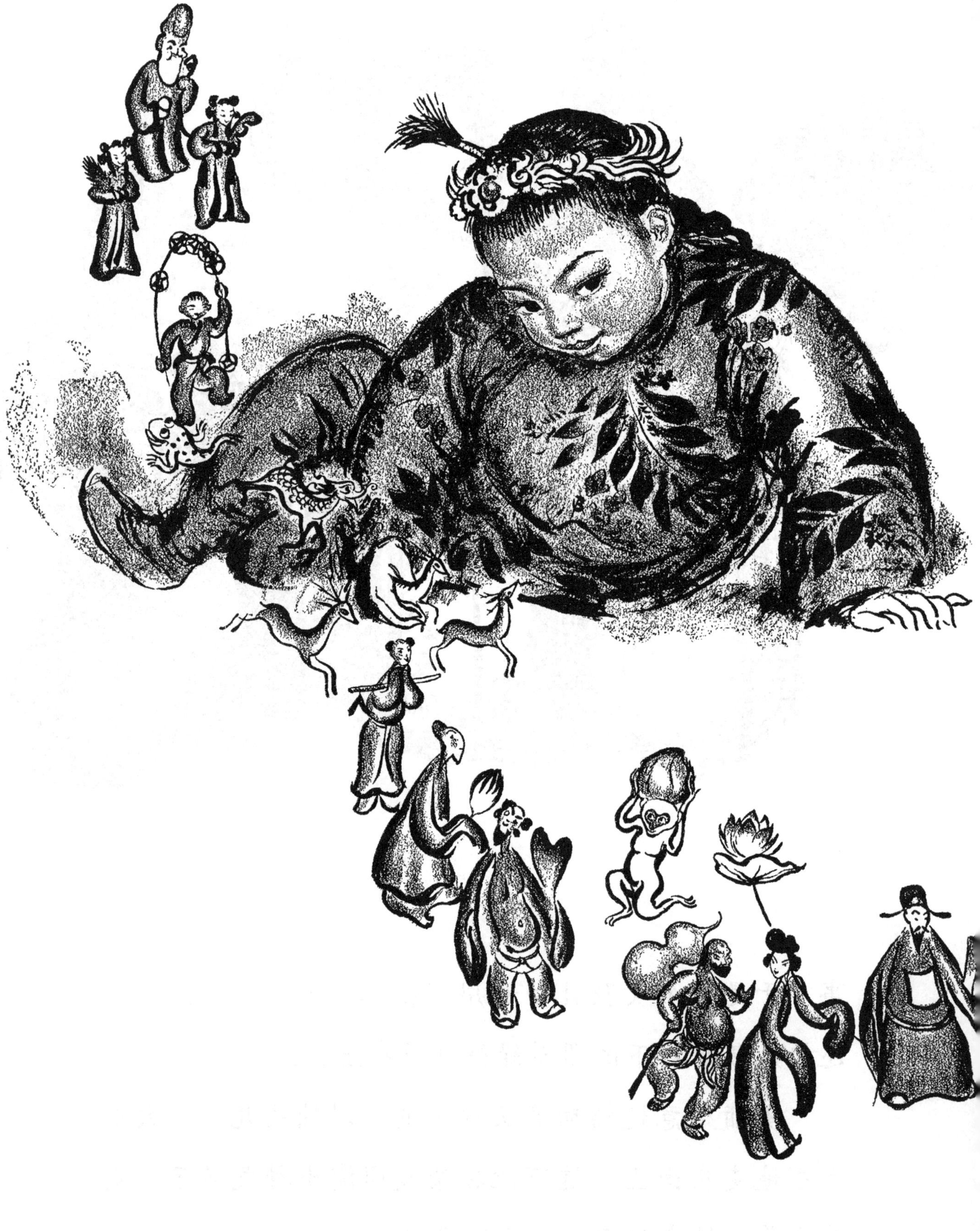

戴着头冠的公主当然是可以进玩具店的，美丽得意地想着，尽管她连一文钱都没有了。店里面摆着一排又一排各式各样的玩偶：公主、商人、跳舞的小女孩儿、道士、音乐师……应有尽有，还有猴子和鹿。

　　"也许"，美丽边看边想，"他们都在这儿向我致意。"可她意识到这些小人都是用彩漆画在木头上的，只好走开了。

　　她走进一家店里，只见里面到处都挂满了新年的灯笼，明亮至极。灯笼像一条条大鱼，突出的大眼睛好像都在盯着她看。

　　"它们一定是在看我头上漂亮的头冠。"美丽想着，把头顶上的"小蜡烛头儿"摇得嗖嗖响。

她走到下一个大厅里，发现特别大的蚂蚱、螃蟹、乌龟和飞蛾仿佛都在盯着自己。小公主一点也不喜欢这么大又不友好的昆虫。她在自家的院子里从没见过这样的东西。她赶紧离开了。

这时，外面一股强风吹过来。突然一只大灰鹰裹着寒风俯冲下来。美丽马上把三宇的画眉搂在怀里，不让大灰鹰伤害它。接着，她朝一个商店拼命地跑。大灰鹰紧追过来，离她越来越近，越来越近！

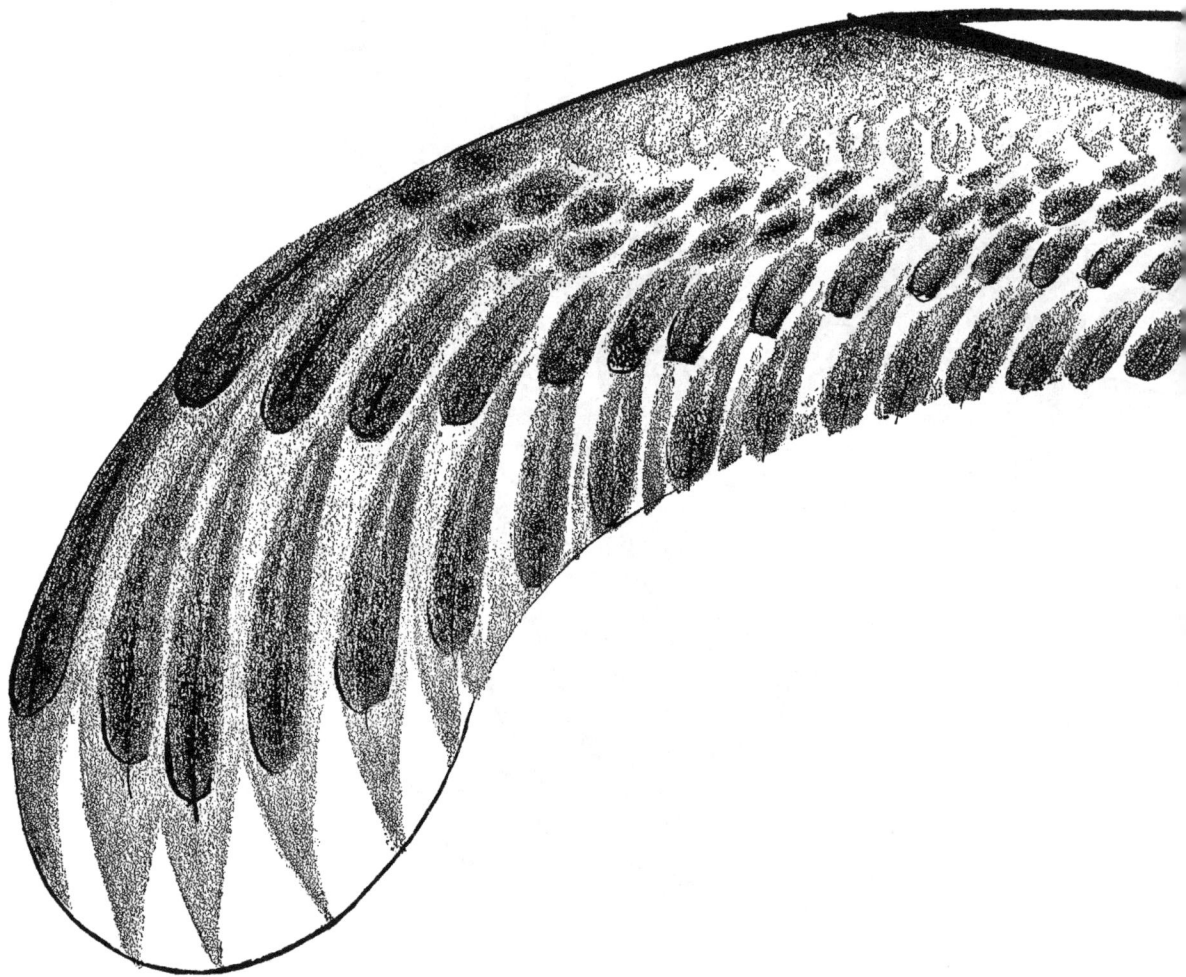

"可怜的小画眉呀！"美丽想，"我怎么才能保护你呢？"她吓得够呛，仿佛连头顶上的"小蜡烛头儿"都僵住了。

就在这时，一只鹅从一个大箩筐里跑了出来。美丽顺手将箩筐倒扣在身上，捧着画眉，趴在箩筐里面装死。

扑通、扑通、扑通，美丽的心跳得很快。箩筐外不时传来嘶哑的叫声："呃！呃！呃！"那是从鼻孔里发出的沙哑的回声。

"不是老鹰在叫！"美丽一边安慰画眉，一边从箩筐扒开一个小洞往外看。原来是三只笨骆驼在一旁

嘲笑她。

"哈！哈！哈！"三个男人的低沉笑声从另一个方向传来，"小淘气原来在这儿啊，我们正到处找你呢！"

"是土匪来了！"美丽心想。她待在筐里不敢动，心却扑通、扑通、扑通地跳。

紧接着，她觉得有东西在拽她头顶上的"小蜡烛头儿"，随后，那东西又去拽她的裤子，还发出"汪、汪、汪"的叫声。过了一会儿，发出叫声的东西来到了她的脚下。嘿，原来是她的阿果。

　　"嘻嘻!"三宇藏在一头小骆驼背后窃笑,"刚
才追你的不是老鹰,是我的风筝啊。"

　　"你保护了三宇的画眉,是个勇敢的女孩儿,但
你怎么不认得叔叔我,还有我头上的毛皮帽子呢?"
小叔看着美丽说,"我找了你一天。咱们得赶快骑上
骆驼往回赶。要不城门关了,今天晚上就回不了家,
拜不成灶王爷了。"

　　"快起来，该走了。"小叔说着，骑上第一头骆驼，
把美丽抱在前面。三宇和画眉骑上第二头骆驼，阿果
得意地爬到第三头骆驼的背上。

　　他们骑在大骆驼的驼峰间排成一列，小骆驼跟在后面，昂首阔步，在暮色中赶路。黑暗很快就降临在大街上，过年的爆竹星星点点地从他们身边闪过。他们一个劲儿地快跑、快跑，但还是晚了！等他们看到城门的时候，城门正在摇摇晃晃地关闭！

不对！城门还没关上！是那个乞讨的女孩儿李子用双脚为美丽一行人撑着城门。她知道美丽一定要在午夜前赶回家拜灶王爷。守城门的五个警察和城楼上的五个士兵都拿她没辙。

　　快！快！骆驼在山间忽上忽下地奔跑。崎岖的山路在夜色中宛如一条条弯弯曲曲的龙。

　　美丽花完了所有的压岁钱，弹珠也全没了，公主头冠也弄丢了。她饿了，肚子咕噜咕噜直叫。就连"小蜡烛头儿"都没精神地耷拉在脑袋上。她觉得那昂首挺胸的小马驹、活蹦乱跳的黑熊、长耳朵的狮子，好像都跟在她身后。她已经忘记了自己是个公主。

没有一个王国会比自己的家更温暖。在院墙后面的树丛中，美丽终于看见了自己的家，她高兴极了。

"啊，原来逛庙会最快乐的事儿就是回家！"小叔把美丽从骆驼上抱下来，美丽笑着说，"我们赶回家了，没有耽误过年。"

"不要因为没带年货回来就内疚。"母亲对三宇说，"你把小公主给我们带回来了，她可是最令我们牵挂的啊！"晚上，美丽一边等着拜灶王爷，一边琢磨："怎么连妈妈都知道我是个公主？如果真像那个竹签上说的，那么我的王国又在哪儿呢？"

　　午夜，灶王爷出现了。供桌上摆着燃烧的蜡烛、青烟缭绕的香炉，还有王大娘为他精心制作的饺子和加了蜂蜜的糕点。灶王爷眼里闪着光。他认真地对美丽说："这栋房子就是你的王国和宫殿，院墙里一切生灵都是你忠实可爱的子民。"

　　美丽愉快地舒了一口气："不管怎么说，我已经很满足了。"

这是个勤快的公主，
闺房里总是整齐温馨。
在她小小的王国里，
永远见不到一丝灰尘。

她餐桌上的菜肴，
可以招待尊贵的国君。
她的衣着和发饰，
显得格外简朴与纯真。